了樱桃

绿了芭蕉

葛海燕 ◎ 著

北京日报出版社

图书在版编目（CIP）数据

红了樱桃　绿了芭蕉 / 葛海燕著. —— 北京 : 北京
日报出版社, 2025.7

ISBN 978-7-5477-4862-6

Ⅰ.①红… Ⅱ.①葛… Ⅲ.①散文集 – 中国 – 当代
Ⅳ.①I267

中国国家版本馆CIP数据核字(2024)第028386号

红了樱桃　绿了芭蕉

出版发行：北京日报出版社
地　　址：北京市东城区东单三条8-16号东方广场东配楼四层
邮　　编：100005
电　　话：发行部：（010）65255876
　　　　　总编室：（010）65252135
印　　刷：三河市中晟雅豪印务有限公司
经　　销：各地新华书店
版　　次：2025年7月第1版
　　　　　2025年7月第1次印刷
开　　本：710毫米 × 1000毫米　1/16
印　　张：13
字　　数：190千字
定　　价：59.80元

序

流光里的诗意

◇ 管国颂

1932年海明威在完成的纪实性写作《午后之死》里，提到了"冰山原则"。他把文学创作比作漂浮在大洋上的冰山，认为文学创作应当简洁明了，用最简洁的文字表达最丰富的思想和情感。他倡导的"冰山原则"，就是让作品的文字如冰山露出水面的部分，而隐藏在水下的部分则要读者通过自己的想象和思考去体会和补充，这样才能够使作品更具含蓄性和韵味。这是海明威的创作方法，也是他创作实践的总结。喜欢海明威的作品，不仅喜欢他用简洁的语言传达深刻的思想，更喜欢他将作品最终阐释的空间留给了读者。

这应该是文学写作的最好体现。从文学审美的角度来说，只有作品阐释的空间足够大，审美的视野才会全方位、多维度打开。审美源于思想，而思想则需借助文本，通过文字来表达。所以，阐释的过程也是文本审美效应的持续和外延。

第一次把阐释摆在如此审美的地步，是因为新读了手头的《红了樱桃　绿了芭蕉》，无论是从文学视角勾勒出的"我看青山多妩媚"的生活景象，还是从读书、美育手记里孕育出的"书卷多情似故人"，都在读后让你产生"天光云影共徘徊"之感，不忍释卷地回味。所谓阐释，所谓让文本得以审美效应的持续和外延，在这本《红了樱桃　绿了芭蕉》集子里，似乎都有着实证的可能。

海明威作为美国作家，对于中国文化不一定有研究。但他的"冰山原则"，也就是现代意义上的文本阐释，在中国传统文学中早就被赋予创作实践。比如《诗经》和《论语》，唐诗宋词和明清小说，阐释的留白比比皆是、信手拈来，而且也不乏理论。在《文心雕龙·知音》中，刘勰就提出"披文入情"一说，"夫缀文者情动而辞发，观文者披文以入情，沿波讨源，虽幽必显"。这一理论就是主张阐释者要通过对文本的细致研读，深入体会作者蕴含在文字中的情感。创作者是因情感涌动而创作，形成文字作品；而阐释者则需要逆向而行，从文字入手，去探寻作者创作时的情感源头，如此，即使作者情感隐藏得很深，也能够被挖掘出来。

《红了樱桃　绿了芭蕉》是葛海燕女士的一部新作，也是她出的第二部作品。她的第一部作品《风乎舞雩》，是一本既有夜读《论语》的体会，又有生活随笔和评论文的集子。如书后题言："在《论语》中走近圣贤，在圣贤的光耀下阅读观思，向生活学习，与书影花茶为友，取几点人间烟火，品些许诗酒年华，以慰小日子里的小点滴、小欢喜，学习经典，一如沂水边，风乎舞雩，咏而归。"许是，她有了第一部《风乎舞雩》集子写作的经验，尤其书里面作者对《论语》有阐释体会，她有了换一种思维写作的意识，把更多阐释的留白让于读者，这是尤为难能可贵的地方。

在《明天和意外》里，贝儿曾经是个癌症病人，可看上去，她脸色红润，光彩照人。言谈之间也是嘻嘻哈哈，但"这时，贝儿话锋一转，说：'前阵子，我遇了点事，现在已经好了。'我们的目光一齐投向她，她淡淡一笑，说：'是肺上出了问题。'不等我们问，她接着说：'是癌。'看我们大吃一惊的样子，她笑了：'你们没听错，是癌，肺癌。'然后，她端起茶杯，啜了一口，接着说：'发现得很早，去年12月做的手术，已经好了。'"别人是谈癌色变，而贝儿却能泰然处之，"我无法想象，贝儿在这个过程中是怎么熬过来的。由始至终，知道这件事情的只有她和她的先生，她的弟弟在她手术之前才知道了这件事，为她联系了最权威的医生和麻醉师。贝儿得有多大的勇气，才能坦然面对这一切，丝毫不影响工作，丝毫不影响生活，丝毫不让生她的人和她生的人担心？生活多少事，都付笑谈中，她做到了！"写贝儿也留下追问的"白"，当不知道明天和意外哪一个先到，贝儿的故事就是一段思考。

极具意义阐释层面上的留白绝不会是简单的省略，它需要作者观察的独到、情感的酝酿和对经历过的生活进行充分的反刍，然后让文字燃烧成火焰，闪耀流光的诗意。这是文学，是构成真正意义上散文的一种境界。作者在《红了樱桃 绿了芭蕉》的写作过程中，在这些方面还是下了些功夫的。像《初冬的叶》《奶奶的老物件》《明天和意外》以及《花房姑娘》《门里门外的猫》《野鹿荡的早晨》等，读起来都颇耐人寻味。

"初冬时节，树叶五彩斑斓，银杏叶金黄，乌桕叶通红，枇杷树开着白色的花。园子里的冬菜长势喜人。碧绿的黄芽菜叶子硕大无比，豌豆苗蜷曲着的叶子正在舒展。走廊下竹匾里晾着红薯干和南瓜干。绿叶散发出的泥土气息和瓜干的甜香混杂着，传递出秋后的丰硕和初冬的宁静。"这是作者在《初冬的叶》里对所写对象的一种观察，她的抓取，近乎画家白描的手法，质朴简洁、不事雕琢与渲染。例如在描写树叶、冬菜、竹匾里的食物时，都是以直白而朴素的语言进行描述。"银杏叶金黄，乌桕树开着白色的花"，简单地描绘出不同植物在初冬时节的色彩与状态，没有过多形容词的堆砌，只是将所观察到的事物如实呈现，让读者能直观地感受到初冬园林植物的风貌。"碧绿的黄芽菜叶子硕大无比，豌豆苗蜷曲着的叶子正在舒展"，也是用简洁的笔触描绘冬菜的形态与生长态势，以质朴的表述展现出园子中的生机。这种不加修饰的描写手法使文字具有一种清新自然、贴近生活的美感，以最本真的方式展现出初冬园子的景象。"袖手于前，疾书于后"，袖手就是一种思考。好的观察也亦如"疾书"之前的"袖手"，它是一种动态，是隐于观察背后灵感的本能呈现。初冬有很多种叶子，作者只对银杏、乌桕、枇杷树、黄芽菜、豌豆苗等具有代表性的初冬植物进行描写，这些植物有的以色彩夺目（银杏叶、乌桕叶），有的因独特的生长状态（豌豆苗舒展叶子）或时令特征（枇杷树开花在初冬较为特别）被选中，通过对它们的描写能够很好地营造出初冬的氛围与园子的特色。在园子的其他元素方面，选择了走廊下竹匾里的红薯干和南瓜干，这些是秋季丰收的成果在初冬的一种留存与展示，与园中植物一起，从植物的生长到收获后的食物，全面而有重点地反映出园子在初冬时节的整体状况，既描绘了自然的植物景观，又展现了生活气息浓厚的园居生活一角。所有这些都体现了作者精心的观察与取舍，使所描写的场景既有丰富性又不繁杂琐碎，精准地传达出特定的意境。"天下起了淅淅沥沥的小雨，雨点落在广玉兰的叶上，落在香樟树的叶上，落在桂花树的叶上，落在大大小小、厚薄不同的树叶上，发出不同的声响，一首初冬交响曲就此开始鸣奏。掉在地上的叶子，一片都没有动它，任由它去，于是田里、路上、房顶上满是。田里的化作春泥，滋养着冬菜和树根；房顶上的，将屋顶装点得斑斑驳驳，像一幅静谧的油画；至于园子里的路，因为这落叶，自然就变成了一条条小园香径了。"好一个"小园香径"！前面是作者眼里的景，落在这里的才是作者的情。

所谓的阐释、所谓的留白，其实正是情景交融的多种结果的一种可能。看到海燕《初冬的叶》，她写初冬的叶，而不是春天的叶，我会反问为什么。这让我自然地想起鲁迅先生20世纪20年代写的那篇《秋夜》。"在我的后园，可以看见墙外有两株树，一株是枣树，还有一株也是枣树。这上面的夜的天空，奇怪而高，我生平没有见过这样的奇怪而高的天空。他仿佛要离开人间而去，使人们仰面不再看见。然而现在却非常之蓝，闪闪地映着几十个星星的眼，冷眼。他的口角上现出微笑，似乎自以为大有深意，而将繁霜洒在我的园里的野花草上。"文字精练，但绝对传神。仅几笔就把作者的个性和思考传递了出来，充分张扬了"这一个"的文学独特性。如果让《初冬的叶》以小比大，则可以最终凤凰涅槃。

网络时代出现了更多一挥而就成文甚至一夜成名的作家，而我却以为大多数人是做不到的。真正的写作不是一种任务，不具有功利色彩，文字是客观的，但怎样带入、怎样表现则考量一个为文者的素养和责任。"大概也有很多群友与我一样，心生敬佩，有人更心生恐惧，说吓得不敢说话了。也有一位群友说，写得多不如写得精，像唐诗，有人仅凭寥寥数十字就名传千古。我只能在心底发出冷笑，君不见，那数十字的背后，是数十年的积累！贾岛的四句诗突然就跳到眼前：'两句三年得，一吟双泪流。知音如不赏，归卧故山秋。'"（《妈妈手》）这里隐含于后的写作观，也是海燕写作《红了樱桃　绿了芭蕉》的先导。"文章合为时而著，歌诗合为事而作"，言之有物，物超所值，这应该是写作人具有的气度和胸襟。

文，发乎于情，情，托之于物。这里的"物"，就是写作的指代，它需要也必须在情的催生下开始文字的旅行。从故乡的原乡出发向着心灵的彼岸抵近，叙事是原乡与彼岸之间的桥梁。散文形式为什么有很多人喜欢，就在于它叙事的亲和自如。在《奶奶的老物件》里，作者写她奶奶："奶奶还有个针线匾，从年轻到白头，奶奶一直都用它。针线匾里啥都有，针箍子，线板子，各种碎布，还有从旧衣服上拆下的黑的、白的纽扣。针线匾里还有一本旧书，这可是奶奶的宝贝，里面夹着大大小小的各式鞋样子。鞋子好看，鞋样子很重要，邻居都喜欢找奶奶落鞋样子。什么叫'落'？就是复制，铺一张旧报纸，把奶奶的鞋样子放上去，照样剪下来，这叫落鞋样子。家务做完，奶奶就会端出针线匾，钉个纽扣，补个袜子。时光慢悠悠地穿过奶奶戴着的老花镜，穿过奶奶手中长长的线，穿过红纽扣，穿过旧袜子，一直站在我记忆的尽头，从没远离，永不忘记。"奶奶的老物件很多，但大多属于改造利用。之所以常常记起，是因为"小时候跟奶奶一起度过的时光，是与那些老物件密切相关的"。写奶奶，给奶奶一个"画像"，不说"我爱你"，而是让奶奶在陪伴她的那些老物件中"活"起来，奶奶的存在才有"活"的意义。文字不多，记述的奶奶的老物件也就三五件而已，但也恰恰就是这些情真意切的记述，让我们记住了奶奶的"这一个"品性。"那个时候，东西坏了，首先想到的是修，不是扔，不是换新的。这些一用再用、一修再修的老物件，每一次看到它们，都分外亲切。仿佛是安稳温暖的巢，可以抚平任何一颗焦躁的心。"为什么写奶奶的老物件，这短短几行文字，我可以在作者的叙事里得到阐释，读者依然可以在作者的文字里，收获更多的联想。同样在《花房姑娘》中，作者开篇，以一如既往的平和叙事风格写道："娇小玲珑的身材，干净合体的衣着，利落的短发，微笑的脸庞，清清雅雅的声音，这，便是紫薇了，紫薇花房的主人紫薇。"寥寥几行，花房姑娘的清雅形象呼之欲出，这还不够，画皮画虎还要画到骨，只有画到骨才能品于心。于是，作者接下来写道："一些路人经过此地如厕，总被紫薇放在花房门口的大大小小的盆栽吸引，他们常常驻足观看。看着看着，就要问上一两句。紫薇如果不忙，会笑眯眯地答话。如果忙，她会抬起头，朝这边望望，并不忙着推销自己的花单。倒是一些问路的，她会主动搭话，指点一二。如果路人想买，她会不动声色地挑一盆品相好的，递给对方。至于花的价格，当时你不觉得怎么样，可是过一阵子，你的朋友或者同事或者邻居，也买了同样的花，听他们随口说出价格时，你心里会震一下：原来这紫薇的花不光好看，价格还便宜。你以为不过是偶然。可是下回买，还是这样。日子久了，知道紫薇花房的人，就越来越多了。"如果作品少了这样的以事带人的铺陈，你又怎么会觉得花房姑娘值得寄情。

　　文学是观照社会的一面镜子。"你站在桥上看风景，看风景的人在楼上看你。明月装饰了你的窗子，你装饰了别人的梦。"文学的情怀是人世间最为细腻的双向奔赴，一方面它要求写作者必须具备人文的情怀，"老吾老，以及人之老；幼吾幼，以及人之幼"。另一方面，则是作品被表现的指代要有人文价值。亲情、友情、爱情、故乡情，情情相牵，事事关顾，哪怕是对身边幼小的生灵也不忘动情。作者写门里门外的两只猫："我走向阳台，玻璃门外一个熟悉的身影站在那里。不错，就是那只三花猫。它正趴在门上，脸贴成了一个饼，看到我，立起身，尾巴支棱着，表达友好。我拿出猫粮，它又急不可待地吃起来。头戴着伊丽莎白圈圈的冬帅看到这只三花猫，再次张牙舞爪起来。只见它直起身，两只前爪不住地乱舞。三花猫抬起头来，并不去看冬帅。而是放下口中的猫粮，在玻璃上不住地蹭呀蹭。我知道，它这是在向我们示好。我朝它挥挥手，不必客气，继续吃你的。三花猫于是继续吃。"两只境遇不同的猫被作者放在同一框内记述，客观上是一种叙事，看似平常，然而当我们细细品味，抽丝剥茧，从动物观照人类，我们有时又会生出无限的感叹。都说，上帝是公平的，他在关闭一扇门的同时，也打开了另一扇窗。然而，对一扇窗的拥有又要付出多大的艰辛！这种体味，作为一个写作者，无论是身处还是他处，都值得用心去好好揣摩。《红了樱桃　绿了芭蕉》书稿告成，我和作者有过一次聚会式交流，言谈之间，我突然发现，她的清纯实际上也构成了她作品本身的一种韵味，是她作品中表现的"这一个"或者"这一种"，有区域概念上的，更有内心缘于不能割舍的热爱，闪烁在她的文字动静之间，就像在《野鹿荡的早晨》里抒发的那样："晨曦照在密密的竹林上，漏出几线光。刚才鸣叫的乌鸦从竹林上掠过，向远处飞去。两只早起的麻雀在觅食，我的出现没有影响到它们，其中一只似乎看了我一眼，继续吃虫子去了。晨光中的紫色越来越淡，绯红与橙黄交杂，天色由灰变成灰蓝，'古长江北入海口'标志的古船桅杆上有一个喜鹊窝，此刻也在晨光中静默——野鹿荡随处可见喜鹊窝，桅杆上的这个，应该是最高的了。"这是野鹿荡的早晨，也是作者家乡的早晨。那种空灵脱俗的湖荡原色，自然要引发作者急切表达的冲动。"从古船下的长门出来，满目金黄，万丈霞光中，潮间带的虎斑水波光粼粼，碎金闪烁。远处有六只麋鹿在霞光中静立，原本褐色的皮毛此刻染成金色。柳枝低垂，昨天还是隐约绿色的烟柳，一夜之间，柳芽全出来了。海鸥在低回鸣叫，有四只苍鹭排成队向北飞去。"

　　海燕是学中文出身，对历史有浓厚的兴趣，所以我很确信她对《论语》的阐释会产生广泛的影响。人们常说文史不分家，所以海燕的文学写作也是自然而然、水到渠成的事情。以她具备的深厚历史知识和对社会的宏观认识，她自然会将历史的智慧、经验和感悟融入她的作品中。在《红了樱桃　绿了芭蕉》书稿里，我把那篇名为《一个唐代诗人的夏至》的文章反复读了几遍。这是一篇由唐诗《夏日过郑七山斋》衍化过来、带有历史性的散文。我们读过很多唐诗，经常想穷尽那里面表达的意境。"共有樽中好，言寻谷口来。薜萝山径入，荷芰水亭开。日气含残雨，云阴送晚雷。洛阳钟鼓至，车马系迟回。"作者是学历史的，对于杜审言这首诗的理解，当然不会止于浮想联翩。于是，我们在作者诙谐的笔调里，看到了一个唐代诗人怎样度过属于他的夏至——"兴之所至，杜爷爷走到边上的书案前，即兴赋诗一首:《夏日过郑七山斋》。不知不觉中，天气渐渐转阴了，天边又传来隐隐的雷声。那荷叶上的水珠随着一阵阵微风，上下摇晃，晶莹透亮。杜爷爷站起身:'酒足兴尽，该回家啦！'郑七说:'别呀！留下来吃晚饭，有新收的蚕豆，最是下酒的小菜！'又是一阵闷雷，伴随雷声的，还有从洛阳城中传来的报暮的钟鼓之声。杜爷爷对着郑七指指钟鼓之声，说:'下回吧！下回我早点过来，今天不早了，再不回去，城门该关闭了。'夕阳西下，云阴晚凉。杜爷爷身披落日余晖，笑眯眯踏上了回家的路。"你想到了吗？你看到了吗？历史原来可以这样穿越，用穿越历史的眼光审视过去，也昭示现在。以这样的历史人文观写出来的作品，必定能够引起读者对历史与现实的联系与共鸣。进入穿越状态，你想到什么就是什么，你看到的也是你所想到的。古人尚且如此率性，我们又何乐而不为！作为一种艺术，文学本身不需要功利。德国18世纪著名的文学家、哲学家、历史学家，著名的"狂飙突进"与"古典主义"思潮代表人物席勒就认为艺术永远与功利无关。作为一种审美，人在艺术中首先要解放自己，然后才会享受艺术创造的愉悦。

总体来说，《红了樱桃　绿了芭蕉》的三个部分，内容、文体各有侧重甚至不同，但文笔甚是相通，尤其前两部分的一些篇章，你很难把它归结为一还是二，好在作者自己做了分隔，而分隔的最大界限，我想恐怕还是多从表现的内容上入手的。散文这个体裁本来就是庞杂无比、包罗万象的，它既允许你这样也允许你那样，评判它的尺度可以无限放大，也可以无限精微，一切在于我们写作者本身对自我的约束和对文字的敬畏。

好在，在文学的路上，在海燕那个地方，她并不是孤军奋战，她和同道的其他人经常有谈经论道的机会，他们是大丰那个地方的群体，那是一些从历史到现实都习惯于包容和互相提醒的人。在外游走，常常会听到外边人介绍，他们的那个城市历史如何如何久远，出过多少名人宰相，风水怎样好，一个词，那就是人杰地灵。而大丰，在他们那个群体，却从没听到过有谁和谁攀比过，他们得以安身立命的就是吃苦耐劳的精神和无比的智慧，包括一切创造，物质的、非物质的。也正是得益于有这样的群体，让作者在写作的过程中一发不可收。"每当我心有懈怠，不想继续时，骆总编就会说，写，坚持写，才能发现自己的不足，才能离梦想更近，才能活成自己想要的样子。"（《让它牵引你的梦》）

现在想起来，我一年中去得最多的地方还得要算是大丰。"大丰好玩呢"，好景好人，当然还要加上好文。那是大丰一帮文人纸上乾坤、笔下生花的精神产品。他们不为别的，只为在流光的世界里，抒发生活的感悟，定格一个追梦的时代，以寄托对家园、对脚下一片土地的热爱。和他们在一起，我很愉悦。都是那么热爱生活、喜欢文学，又都是那么坦诚，或奔放豪爽，或讷言敏行，亦庄亦谐尽在欢娱中。

"流光容易把人抛，红了樱桃，绿了芭蕉。"七百年前的词人蒋捷走了，过吴江的舟也不知驶进了历史的哪个方向。但这些并不重要，重要的是至今还有一个作家以他的辞章断句作为她的书名，在流光中延续最美的诗意。

蒋捷先生幸哉！文字幸哉！

管国颂，60年代生人。文化学者，《湖海》文学执行主编、盐城市网络作家协会主席、盐城市作协原副主席。盐城市文学艺术界联合会全委会委员。历任盐城市"五个一工程奖"、盐城市政府文艺奖、盐城市哲学社会科学优秀成果奖、盐城"健康科普秀"主评委。

目　录
CONTENTS

第 **1** 辑
我看青山多妩媚

第 2 辑

书卷多情似故人

第 3 辑
天光云影共徘徊

第 1 辑

我看青山多妩媚

生活，过的是一种心境。你眼中的自己，不是你自己；你眼中的别人，才是你自己。心中有风景，则人生处处桃花源。

————————————

初冬的叶

周末去朋友家的园子里玩。

初冬时节，树叶五彩斑斓，银杏叶金黄，乌桕叶通红，枇杷树开着白色的花。

园子里的冬菜长势喜人。碧绿的黄芽菜叶子硕大无比，豌豆苗蜷曲着的叶子正在舒展。走廊下竹匾里晾着红薯干和南瓜干。绿叶散发出的泥土气息和瓜干的甜香混杂着，传递出秋后的丰硕和初冬的宁静。

天下起了淅淅沥沥的小雨，雨点落在广玉兰的叶上，落在香樟树的叶上，落在桂花树的叶上，落在大大小小、厚薄不同的树叶上，发出不同的声响，一首初冬交响曲就此开始鸣奏。

掉在地上的叶子，一片都没有动它，任由它去，于是田里、路上、房顶上满是。田里的化作春泥，滋养着冬菜和树根；房顶上的，将房顶装点得斑斑驳驳，像一幅静谧的油画；至于园子里的路，因为这落叶，自然就变成了一条条小园香径了。

雨不大，我们撑着伞，行走在小园香径之上。偶尔一片树叶落下，我的伞上印着的树叶和这大自然的树叶融为一体，这就赋予雨伞上印着的树叶以生命，它们也变得灵动起来了。

柳树此时已经洗尽铅华。枝条细长的垂柳，呈黄褐色，微风吹过，轻轻摇摆，这是一个垂暮的美人，偶尔一个举动，便让人忆起它曾经的绝世美颜。其中一棵是旱柳，灰黑色的树皮纵裂着，诉说着柳树不一样的坚韧，这时你就不会觉得它是"蒲柳之姿，望秋而落"，你会想起春天用它的柳叶做的柳哨。几声柳哨响，便会引来鸟儿相应和，你当然也会想到"最是一年春好处，绝胜烟柳满皇都"，柳，是美好的另一个替换词。

我们在一棵枣树面前停住了。这是一棵有五十年树龄的枣树，树叶已经全部掉光了。满地的落叶，仔细看，还可寻见一两颗枣子，那是一周前大风来袭时掉下的。腐了的枣子与落叶在泥土中相遇，潮湿湿的，你不讨厌它的腐熟，它这是在滋养泥土、滋养枣树、滋养大自然，最终，滋养的是枣子自己，来年，它会以自己喜欢的样子呈现，更大，更甜，更饱满，这是大自然的轮回，也是大自然的神奇。

跨过小河上的汀步，在木制的河埠头停下，友人蹲下身子，慢慢取起早晨放下去的虾笼，举起来抖一抖，一些虎头鲨和青虾就呈现在眼前，在地上乱跳，挑出其中幼小的虾，轻轻丢回河里，河面上几片落叶随着打了几个圈圈，向远处漂去。

雨渐渐大了，我们赶快从田里拔了两棵萝卜，西瓜红和莲花白各一个，拧掉萝卜缨，到厨房里洗了，用菜刀切几片，往盘子里一放，红红白白的，煞是好看。然后，往廊下一坐，一口萝卜，一口坚果，聊聊天，听雨发呆。

雨还在下，我注视着刚才丢在田里的萝卜缨，它丢在那里，不久就会蔫了、黄了、干了，最后也会化作春泥。我想象着它的另一种安排：洗干净，切成碎末，撒上盐，静置半小时，杀出水分。然后，用力挤出水分，一小团一小团放入青花瓷盘中，加上姜末，淋上麻油，碧绿爽脆，当是香糯白粥的佐餐佳品。这，也是冬叶得其所哉，凤凰涅槃了。

奶奶的老物件

小时候跟奶奶一起度过的时光，是与那些老物件密切相关的。

奶奶有一个手提包，木柄，碎布拼成，能装很多东西，堪称百宝箱。上街、做客，奶奶都要随手带着。这木柄是奶奶从自己的一个旧包上拆下来的。做包面的碎布，从哪里来呢？听我慢慢道来。那个时候，成衣还不多，家人穿新衣，要到裁缝店去做。每次取新衣，裁缝师傅会把剪裁新衣剩下的碎布交给奶奶。奶奶把它们攒起来，剪成巴掌大小的正方形。如果布太小，奶奶就用两块三角形碎布拼成一个正方形，然后再把这些五彩缤纷的正方形碎布拼在一起，一片斑斓的包面就诞生了。奶奶把拼成长方形的大块布，缝在一起，安装上木手柄，一只独一无二的布拎包便诞生了。

奶奶还如法炮制了一床被面，加上白被里，放上薄薄的棉花胎，一床百衲被大功告成。

这些原本没多大用处的碎布，经由奶奶的巧手一变，变成了百看不厌的拎包和薄被，用了又用。

天井里有一口大缸，这是用来接天水的。

天水就是雨水，入口比河水、井水都甘甜。每当下雨天，奶奶就会把厨房里的脸盆、水桶拿到天井里。不过，奶奶不会一开始就把这些盆呀、桶呀拿出去的。奶奶说，空气中的灰尘不少，先让雨水把这些灰尘冲冲，冲干净了之后，接的天水才干净。奶奶把这些天水倒在水缸里，盖上一个芦苇编的盖子。这些天水，奶奶平时是舍不得舀出来吃的。等到过年，奶奶就会把这些天水烧成开水，亲戚邻居过来走动拜年时，奶奶就会奉上一杯珠兰花茶，或者泡一碗炒米果子茶。客人会说："四奶奶，你的茶怎么这么好吃？"奶奶笑笑，如果客人再说一遍，奶奶就会轻轻地说："这是天水。"

正月一过，天水待客的职责履行完毕，奶奶也会用天水煮饭、烧菜。等到天水用完了，奶奶就会把缸脚子彻底刮掉，里里外外收拾干净。第一场春雨一下，这天水缸又开始履行新一年的使命了。

天井里的丝瓜，也是奶奶的宝。嫩丝瓜炒毛豆、丝瓜豆腐汤都是奶奶的拿手菜。那些顺着墙瓦长到屋顶上的丝瓜，奶奶也不着急摘下来。秋天到了，丝瓜褪去青涩，变成赭黄色。奶奶就让人拿来竹梯子，把那些老丝瓜一条一条摘下来。奶奶不叫它们老丝瓜，而叫它们丝瓜筋。风干的老丝瓜外皮变脆，奶奶轻轻一碰，老丝瓜的外皮掉了一地，这时一条微黄的丝瓜筋就呈现在眼前。用刀一切，丝瓜筋的中间露出五六个洞，奶奶拿来一根筷子，挨个儿顺着洞一捅，就会掉下来许多黑色的丝瓜子来。奶奶会把这些黑色的丝瓜子放进一个玻璃瓶里。这是明年种丝瓜的种子。

那些长长的丝瓜筋，被奶奶剪成一截截的。夏天，奶奶用丝瓜筋给我和弟弟妹妹们洗澡。一年四季，奶奶用这一截截的丝瓜筋洗碗洗锅。有一回，我和表妹跟在邻居家的孩子后面疯跑，回来后咳嗽不止。奶奶拿出一截干净的丝瓜筋，剪成一小块一小块，放半锅水，一块老冰糖，最后熬成小半碗，让我喝下去。连喝了几顿，我的咳嗽居然好了。

当积攒了一年的丝瓜筋快要用完时，秋天就到了，新一年的丝瓜筋又被奶奶收好放进小笆斗里了。

这个小笆斗，比脸盆的口要小一些，柳条编的。每年过年，奶奶会预订花卷、馒头和米团。腊月二十四之后，奶奶就拿着笆斗，带着我，去店家取花卷和馒头。屋外寒风凛冽，屋内热气腾腾，刚刚出笼的菜油小葱花卷，倒在大大的竹匾里，非常诱人。等花卷不再烫手，店里的师傅把花卷一个个拾到奶奶的小笆斗里，奶奶捧着笆斗，带着我往回走。到家后，奶奶先拿一个花卷给我，我一边吃着花卷，一边看着奶奶把笆斗里的花卷、馒头放到自家的竹匾里。第二天，奶奶再用这个小笆斗去米团店取回米团，这一回，不是把米团放在竹匾上，而是放在一个陶盆里，用水养着。

那些吃剩的点着红点的馒头，被奶奶切成薄片，放在竹匾里晾晒。于是正月半之后，餐桌上又有了一道吃食：炒馒头片。临起锅，奶奶再烹点糖水，甜津津的，吃不够。

奶奶还有个针线匾，从年轻到白头，奶奶一直都用它。针线匾里啥都有，针箍子，线板子，各种碎布，还有从旧衣服上拆下的黑的、白的纽扣。针线匾里还有一本旧书，这可是奶奶的宝贝，里面夹着大大小小的各式鞋样子。鞋子好看，鞋样子很重要，邻居都喜欢找奶奶落鞋样子。什么叫"落"？就是复制，铺一张旧报纸，把奶奶的鞋样子放上去，照样剪下来，这叫落鞋样子。

家务做完，奶奶就会端出针线匾，钉个纽扣，补个袜子。时光慢悠悠地穿过奶奶戴着的老花镜，穿过奶奶手中长长的线，穿过红纽扣，穿过旧袜子，一直站在我记忆的尽头，从没远离，永不忘记。

闼子门也是奶奶的好帮手。夏天，奶奶把两扇闼子门往大凳子上一搁，买上两竹篮梢瓜，对半一剖，去掉瓜籽，一片片洗干净，放到闼子门上。一个大太阳晒下来，梢瓜的水分全沥干了，奶奶就抹上盐，放到缸里腌渍。两天过后，奶奶就把这些腌过的梢瓜再放到闼子门上晒，几个太阳一晒，原先青翠的梢瓜就会变成白色，体积小了很多，我们叫它"瓜子"。奶奶把瓜子切得碎碎的，配上新鲜的毛豆，我们的饭桌上就会多出一盆极好的下饭菜：毛豆炒瓜子。

等萝卜上市了，奶奶就开始腌萝卜干了。闼子门又承担了晒萝卜干的功能，那萝卜条就在闼子门上一天天变成了萝卜干。那个时节没毛豆了，奶奶把生姜、葱切末，萝卜干切丁，一炒，晚上的粥又会多喝一碗。

　　冬天到了，你以为闷子门会歇歇了？不会。奶奶用闷子门糊糨子。这糨子是啥？奶奶用糨子做鞋子。奶奶手巧，把大人不穿的衣服改成了孩子穿的，孩子穿不下的衣服呢？她就用来糊糨子。衣服的边边角角被拆下来，变成大大小小的布块，物尽其用，没有丝毫浪费。奶奶用面粉打成糨糊，闷子门上糊一层糨糊，糊一层旧布，再糊一层糨糊，糊一层旧布。不一会儿，你就看不到闷子门了，只有糊好的布片，放到太阳底下晒，晒干了就叫糨子，有点像硬纸板。奶奶从针线匾里找出鞋样，鞋样放在糨子上，奶奶仔细剪下来，再在上面加上一层鞋面布，用布条一裹，鞋面就做成了。鞋底呢，得纳。一针一线地纳，鞋底纳好后，上面还要缝一层鞋樘底。把鞋底和做好的鞋面，缝合在一起，这叫上鞋子。奶奶把上好的鞋子一双双放在闷子门上，这，就是过年的新鞋了。

　　穿上新鞋的我，行走在奶奶的慢时光里，稳稳的，暖暖的。奶奶为我的人生，打下了温暖的底色。

　　那个时候，东西坏了，首先想到的是修，不是扔，不是换新的。这些一用再用、一修再修的老物件，每一次看到它们，都分外亲切。仿佛是安稳温暖的巢，可以抚平任何一颗焦躁的心。

葡萄自由

这是一个吃葡萄的季节。葡萄也是我最喜欢的水果之一。从早期的巨峰到夏黑，再到近年来的阳光玫瑰，都是我的心头好。可是今年吃的阳光玫瑰，味道好像不如以前了，爽则爽矣，不够甜。找那种绿得近黄的色泽，再找那种甜滋滋的味道，已经不太多了。

8月下旬，老铁从外面带回了满满一大袋葡萄，是一个朋友从果园里买回，送给我们品尝的。

我每次都从袋里拿出一串，一个个摘下，放进水里，撒上面粉，仔仔细细洗干净放到盘里。白色瓷盘中的葡萄带着水珠，晶莹剔透，很养眼，吃一个，甜津津的，透心凉，也透心甜。我俩不一会儿就能消灭一盘，我又去洗第二串。老铁打趣道："你终于实现了葡萄自由。"

为了延续我的葡萄自由，老铁从朋友那里找来了果园的地址：绿岛生态园丰收大地凌霄长廊。我一听，说："那地方我知道呀，潘园就在那里，我也去过好多次，怎么不知道有葡萄卖？"老铁说："沿着凌霄长廊，一直开下去，就在凌霄长廊的右首，果园直销，新鲜！"

吃完一大袋葡萄之后，我按照老铁说的地址，驱车前往。

沿着疏港路东行，在我熟悉的潘园边上，是一眼望不到尽头的凌霄长廊。时序初秋，凌霄花已经过了旺季，只有不多的凌霄花尚在枝头。可是，那凌霄叶，依旧郁郁葱葱，把整个长廊覆盖得莽莽苍苍，长长的叶子在初秋的风中起舞，让这长廊有了生机和活力。沿着长廊往里开，大约五百米的地方，果然有一个摊点。面积不大，两张课桌大小，上面放了一筐一筐葡萄。摊主的身后，就是大片大片的葡萄园。以往我来的时候，注意力全被凌霄花吸引了，对于路边的葡萄园从没有留心到。摊主是个扎着长辫的中年女子。她的话不多，我问她："哪种最好吃？"她建议我尝尝。我没有尝的习惯，经不住她劝说，我尝了一个，果然，和朋友送我们的一样，甜美爽口。我问摊主所尝葡萄的品种，她说叫夏黑。原来这就是夏黑。可以吃葡萄不吐葡萄皮的夏黑。我买了一筐，装了三袋，临了，她又拿了一串放进去，说："你这人不还价，我也不能欺你。"我忙说谢谢。她又帮我把三袋葡萄拎进了后备箱。

这真是让人愉悦的购物体验。我载着这些葡萄回家，继续享受我的葡萄自由。

最浪漫的事

天气预报说，今天的气温会降至零下十摄氏度。对于我居住的这个亚热带与温带气候的过渡地带，是相当冷的。早晨睁开眼，一看外面的温度计，果然就是！幸而无风，还升起了太阳，所以，并没有想象中那么寒冷。到地下车库取车，一看车内温度——零下一摄氏度，真的，从来没有见过车内的气温这么低。打开空调，车内马上升温。迎着太阳向前开，心情像阳光一样灿烂。

中午回家，把昨天炖得软烂的蹄髈，放到天然气灶上加热。又炒了一个水芹香干，一个青菜蘑菇。都端上桌时，老铁正好推门进来。加了胡椒粉的蹄髈汤，喝得我们全身发热，肉入口即化。

两个素炒很合口。阳光从窗户照进来，洒了满满一地。

冬冬在临窗的矮几上晒太阳。我们边吃边聊，冬冬换了一个姿势，在窗台上看窗外的风景。老铁喊它，它头都没回一下，继续看它的风景。

我们快吃完时，传来咣当一声。循声望去，是窗台上的一个多肉花盆被冬冬用爪子碰掉到地上，瓷片碎了一地。老铁喝了一声："冬冬，你闯祸了！"没等老铁说完，冬冬已经从窗台跳下，站到了沙发边。肥硕的身子拖慢了它的动作，它摇摆了几下，终于还是钻进了沙发底下。我们都吃完了。老铁笑笑，起身去拿扫帚和簸箕，打扫冬冬的"战场"。我开始收拾碗筷，放到厨房的水池里洗碗，热水洒在手上，洒在丝瓜络上。碗、盘子上的油，被丝瓜络洗得干干净净。沥干水分，一一放到抽屉里，挂好丝瓜络。

客厅里老铁已经扫清了瓷片，在拖地，冬冬蜷在沙发底下，没有出来。

我开始贴着墙壁站壁。既是习惯，也为塑形。十分钟后，我来到冬冬先前蹲着的矮几前坐下，喊冬冬出来。

老铁已经彻底将地面打扫干净。对我说："来，我帮你把头顶上的几根白发拔掉。"我总忍不住来回动，他让我的头顶住他的膝盖，开始拔我头顶的白发。

他一边拔一边说："你看这根又短又不好拔，还倔强地竖立在这里，犯嫌！"

说着一根中指长的白发，从他的手里接到了我的手里。接着又是第二根、第三根。

扯动荷花拉动藕。这一拔，居然拔了十几根，有长的，有短的。他慢悠悠地总结道："白得发亮的，说明有一阵子了；灰白的，是刚刚白的，都必须拔掉。"

然后他又说："现在发廊里专门有人帮忙拔白头发，比染好，对人身体没有伤害，听说生意还不错。"

这时，他拉了拉我，站起身，把拔的十几根白发，卷成了一个球。对我显摆似的晃动："看！战果。"

冬冬不知何时从沙发底下出来了。我把老铁卷成的白发小球拿在冬冬眼前晃动，大概因为是白色，发球没有引起冬冬的兴趣。我把发球扔到地上，滚动的小球让冬冬兴奋，它不住地用脚踢来踢去，如同踢一个费列罗巧克力糖纸卷成的小球，其实，这白发小球远没有巧克力糖纸球那么金光闪闪。

子在川上曰，逝者如斯夫。日子就在这一根一根变白的头发中，悄悄溜走了。

喝茶

好看的皮囊千篇一律，有趣的灵魂万里挑一。这话不是我说的，但现在必须拿来一用。

感冒来势汹汹，其他也就罢了，关键是嗓子哑了，说不了话。周六，好友云发来信息，想第二天两人聚聚。聚聚就聚聚吧，我们俩哪次不是说走就走？关键是现在我说不了话呀。她说："说不了话就不说话，一起喝喝茶，润润嗓子。地点就在'三芽'。""好吧好吧。"

云和她的先生，都是90年代中师毕业。那个时候，中考录取的顺序是先中师、后重点中学，所以两口子都是妥妥的学霸。他们的女儿青出于蓝，初中时就拿了全省数学竞赛一等奖，高中、大学、就业，都出类拔萃，妥妥的传说中别人家的孩子。偏偏云特别低调，既不言必称女儿如何如何，又没有因为当年照顾孩子，错失了评高级的良机而怨天尤人，就安安静静地教书过日子。修长的身材，姣好的容颜，没有多少岁月的痕迹，风轻云淡，优雅从容。因此，像我这种资质平平的人，跟她相处，特别轻松：都喜欢安静，都不喜欢凑热闹。

到了星期天的中午，我的嗓子不见好转，我问老铁："下午去不去？"老铁说："去吧去吧，出去转转，比闷在家里好。"

如约前往。

三芽是茶庄的老板娘，大丰不大，一直流传着她的传奇故事。二十多年前，三芽和姐姐一起，挑着茶叶担子，一路从安徽走到了大丰。从一副小小的茶叶担子，到如今繁华地带最有名的茶庄，有艰辛与坚持，也有勇气与胆识。

三芽正在一楼与茶客聊天，见我们过来，施施然把我们带到楼上的静心堂。与楼下风格一致，这里安静中透着不急不躁的柔和，一排落地书柜古朴典雅，更氤氲着书香。

三芽说，她曾与我有过一面之缘，我一面点头一面惊叹于她的好记性。果然，把事业做大做强的人都有这种过目不忘的能力。一件亚麻质地的羽绒服，淡淡的灰色，胸前有一朵晕染的莲花，与这环境融为一体，一张清秀的脸，不施粉黛，眼里写满故事，脸上不见风霜，只是与数年前相比，有一种隐隐的疲惫。

我们一面喝茶，一面聊天。嗓子哑了，一点不妨碍听呀。三芽告诉我们，她在数年前曾特地去北京故宫看苏东坡专题书法展。闻言，我们肃然起敬。彼时适逢疫情防控期间，一个人去看展，是需要一点勇气的，再想想，三芽身上，最不缺的就是勇气了。

她说，她每天早晨五点半起床读书，每天读一点，慢慢读，眼下读的是李一冰的《苏东坡新传》，我简直要膜拜了。身边读书者，不乏其人，像这样每天晨课似的读书，既不为升学，又不为考证，实在少之又少。再细细听她说话，用词很准，表达有趣，这样的坚持，显然不是一天两天了。

她说："茶庄赚钱的方法很多，像我这样，想做成茶书院的有，但是不多。一辈子很短，我就想活得有趣一点，简而灵，是我的追求。"

她说这些话时，看着我的眼睛，并不用力，淡淡的，很坚定。

再看时间，不觉一个半小时过去了，我跟云对视了一下，起身告辞。

茶，是草木的本心。三芽，守住了自己的本心，活成了自己喜欢的样子。

春节协奏曲

一

龙年大年初一睁开眼，阳光从窗户照进来，天地间风霜尽去，世间的人们又添了一岁，新春代替了旧气象。春天来临，绽放的不只水仙，窗外的梅花、茶花也展现了新姿。鞭炮声此起彼伏，地上遍地碎红，香味弥漫。

起床洗漱完毕，到厨房里，烧上一壶开水，泡上一壶酽酽的金骏眉。煮汤圆，蒸烧卖，妈妈做的什锦菜，传统风味的三辣菜，开洋拌干丝，四美生姜丝，四个碟子端上桌，他们爷儿俩正好坐到餐桌上了。新年第一顿早餐开动。

吃罢早饭，我们驱车前往镇海寺敬香。

这是一座建于明朝的寺庙。身居海边的黎民，既要防止海潮的泛起，又要抵御倭寇的骚扰。传说有一日，海波扬起处，飘来一尊木雕公侯像，继而潮退，海晏河清。百姓感念，在此处建公侯庙。到了清朝，改公侯庙为镇海寺。后数度被毁，20世纪80年代末90年代初复建，香火不断，日渐鼎盛。我们敬香，既为拜神，也为踏青。既敬神明，亦敬自然。

这段路程是226线的组成部分，是去年新修的。年前我们去东台看望老铁的叔叔，走的就是这条路线，汽车在宽阔的三车道奔驰向前，竟生出几许绝尘而去、好不快哉的情愫。可是大年初一的今天再走这条路，已不复当初的模样。车行至春风原乡，由西线、北线和东线疾驰而来的车子，把梨花村路段堵得水泄不通，只有耐心等待、慢慢挪动。堵车时，我将目光投向远处，阳光下的道路两旁，田野和房屋雾气缭绕，望去，如置仙境。家家门上的春联，在绿野仙踪处，格外喜庆，格外耀眼。

我们一家三口被这情景吸引，连堵车也变得温情脉脉。

大约十分钟后，车流松动，渐渐通畅。越往前，越开阔，数周前的感觉又回来了。

我们把车停在离寺庙约五百米的地方，步行过去。道路的一侧停满了前来敬香的游客的车辆，我们一边为把车停在远处的英明决策沾沾自喜，一边欣赏着两边的景色。没有风，阳光明媚，芦苇在小河中静立，芦花在阳光下闪着若隐若现的光泽；小树林中有两三个老树根躺在地上，诉说着逝去的年华。老铁被那树根的造型吸引，兴致勃勃地说着自己的构想，女儿被老爸的联想折服，爷儿俩展开热烈的讨论。

敬香的人挺多，有全家出动的，有热恋之中的小情侣，也有爷孙相携的，大多穿着新衣，戴着新帽，过年的气氛单单从穿着打扮上就一目了然。买好香，朝大雄宝殿走去，人群中传来声音："汪老师，过年好！"循声望去，原来是老铁的学生，带着新婚妻子敬好香准备回家。这个艺术学博士，在学术上很有自己的见解，已经是一所大学的副教授。师徒相见，分外开心。

敬香的人们，表情虔诚。与往年不同，寺庙里多了一些志愿者，引导着香客。这些志愿者，谦恭有礼，举止得体。其中，有一个人，对着老铁微笑，老铁有点蒙，出于礼貌，报之以微笑。走出山门，老铁对我说："我想起来了，那是杨老师的夫人，诚心礼佛多年了，没想到她到这里做志愿者了。"

还有一个不同，就是香客们不用准备现金了，香火钱可以直接微信或支付宝扫码支付。在庄严肃穆的佛堂上，不时传来扫码成功的声音，难免让人感到五味杂陈，那种肃穆与敬畏也在一瞬间冲淡了些许。

还是别多想，这，就是一种与时俱进。

离开寺庙去取车。老铁去河边折芦花，三人各持一根往回走，迎面而来一条花斑狗。它看到我们，先是绕着老铁，接着绕着女儿，然后又绕着我，围着我们，跟着我们走。我们的包里有水杯、水果，还有糖块，就是没有香肠，路边也没有便利店。女儿停下来，那花斑狗也停下来，眼里闪着期盼的光。我们都感到很抱歉，猜测着、感叹着它的来路和命运，这显然是一条走失的宠物狗。正感叹着，我们发现河边有两只狸花猫，悠闲地躺在那里晒太阳，看都懒得看我们一眼。花斑狗一直跟我们到了车子边上，可是车里除了草莓和砂糖橘，也没有别的，我充满歉意地剥了一个橘子，放到它面前，它嗅了嗅，摇摇尾巴，离开了。它是要折回原来的路上，迎接别的香客，碰碰运气了。

返程路上，车流不多，正好可疾驰。岁月如潮，时光轮回。春光跳上门前的桃符，读书，喝茶，我们继续着静谧美好的日子。

二

每年大年初二，是我们请爸爸妈妈、弟弟一家到我家吃饭的日子。老铁总是高度重视，亲自下厨，我根本插不上手，只有洗碗的份儿。

老铁做菜，就像画画，先布局，再着墨，有条不紊，成竹在胸。他备了八个冷盘，六个放好后，觉得鲜虾和香肚放在小盘子里，吃着不过瘾，用了一个炒菜的盘子放鲜虾，香肚放在一个外卖盒子里，再放到微波炉里转一转，这样吃起来更香。

鸡汤是头天晚上慢火熬的，他不喜欢用高压锅，鸡汤的味道非小火不香。反正不用我熬，由他折腾去。

侄子喜欢吃狮子头，老铁订制的是蟹黄狮子头，也是文火慢熬。又择了苏州青青菜头焯水，布在四周，碧绿的青菜衬着清汤狮子头，非常养眼。

猪肝炒肥肠也是老铁的保留菜式，自然也会安排上。

爸爸喜欢的八宝饭，需提前蒸好，用稻米油勾芡了糖汁浇上去，滋溜一声，甜甜糯糯的。

红烧羊肉也是上午两个多小时焖烧慢炖的。

清蒸黄鱼，则是临吃饭前才上锅蒸的，鲜嫩、肥美，光闻闻就垂涎欲滴。

11点一刻，爸妈和弟弟一家到了，每人喝了一杯红茶后，就入座开始吃饭。

老铁给爸妈敬过酒，就接着去炒菜了，我也拗不过他，任由他在厨房和餐厅之间穿梭。每一道菜上桌都获得了满堂彩。还有五个菜都没烧，实在是吃不下了，爸爸下令，放在那里，改日再来吃。

吃好饭，都坐到阳台上吃水果，爸爸不吃水果，接着喝他喜欢的金骏眉。大家说说笑笑，阳光洒满了整个房间，笑声洒满了整个房间。

我一边洗碗，一边听大家说笑。家人团坐，阳光可亲。

三

连日忙碌与团聚，累并快乐着。平安喜乐的况味，这两天我充分体验到了。

女儿初四返沪工作，大年初三，就独属于我们仨了。老铁烧菜辛苦，女儿和我想好好慰劳他一下，准备陪他初三下午去梅花湾写生。计划上午睡到自然醒，来一个彻底的放松。

早上，我比往常略迟，7点醒来。洗漱完毕，就开车去富春茶社，买老铁和女儿喜欢的鲜肉大包和纸皮烧卖。

年前，女儿回来的第二天，我们一家三口在这里吃早饭，打算如往年一样，买包子带回去。哪知包子太受欢迎了，竟然限购，每人只可买五只。三人轮流排队，才带了十五只包子回家。有心再买，可大年三十茶社打烊，通知说大年初二开始供应中餐，初三恢复早点。

果然，茶社门前的停车场已停满了车。好这一口的，不止我们一家。排队取号，如愿买得几只烧卖和大包。令人暖心的是，每个纸皮烧卖从蒸笼里拿出来，都先套上一个小袋子，再放进大袋子里，这样每个烧卖不仅能保持温度暖暖的，品相也能保存完好。

回到家烧水、泡茶。凉拌了一个药芹开洋香干，然后看书，等他们。到了八点半，女儿和老铁也相继起床了。一家人吃早饭，烧卖凉热正好。女儿边吃边夸："这烧卖里的米粒，粒粒分明，油而不腻；松子不多不少，正正好！"老铁则喝茶，吃鲜肉大包。他担心汤包里的油滴下来，用另一只手接着，时不时喝一口酽酽的茶。烫过的药芹很嫩，碧绿的颜色很养眼，嚼在嘴里，嘎吱嘎吱的，清脆作响，还有淡淡的清香。三人吃得很开心。

吃过早饭，女儿捯饬她的照相机，老铁到画室去拿他的写生画具。冬冬这几日见人来人往，甚是害怕。不是躲在衣柜里，就是躲在抽屉里，总是惊魂未定。现在家里恢复安静了，它又躺在垫子上呼呼大睡，养精蓄锐。

中饭很简单，头天的菜热热，又清炒了一个荷兰豆，一个蘑菇青菜。清清淡淡的，不腻。

老铁的画具包很大，画板、画簿、画笔、折叠画桌、折叠座椅，凡所应有，无所不有。望去，体积不小，背在身上，也沉甸甸的，堪称行走的画室。放在后备箱，占了一小半"江山"。女儿的相机也有分量，不过，与老铁的画包一比，就不值一提了。老铁贴心装好的一个零食水果大包被我丢在客厅，我就随身带了一个装手机、水杯的小包，轻装上阵。

梅花湾离我家不远，五公里多；直线距离只有不到四公里。大年初三的午后，路上车辆不是很多。一路向北，至盐丰高架处左转，向西不足两百米就到了。梅花湾古意盎然的门楼，在初春的阳光下静默。未曾进园，先有梅意，似有暗香扑鼻，梅韵萦绕了。定定神，才发觉不过是心情愉快，进园之心太过迫切而产生的幻觉。

梅花湾南门道路两侧的车位上，已经停了很多车。进了南门，有游客正在拍照，三三两两，就在梅花湾的大型牌子下，并不进主景区。再看远处，心心念念念的朱砂梅、绿萼梅不见倩影。老铁上前打听，工作人员告诉我们，梅花还没开，再过二十天才能开。

听闻此言，有淡淡的失落，我们决定在梅园内走走转转。古色古香的建筑与蜿蜒曲折的水流映衬，万物在悄悄积攒着生机，枝头已隐约可见梅花的花骨朵儿。"大地春浓，万树梅红开国色；丰年福满，一湾水碧润民生"，镌刻在南门柱石上的大红春联，增添了浓浓的春色，抚慰了我们失落的心。

那么，就让我们相期于梅开之时，赴一场梅花盛会。有了期待，就有了念想。念想，是生活的盼头。

梅香充盈于心，那是梅花真正开放时，心花怒放的前奏。

四

相聚总是短暂，转眼就到了孩子返程工作的日子。

年前，孩子拖着大大的行李箱回家，我感到惊奇，为什么要用这么大的箱子？答案在打开箱子时揭晓。行李箱内装着孩子对家人的牵挂：太平猴魁茶叶是给外公的；老北京棉鞋是给外婆的；一顶北面的帽子是老爸的；一本东野圭吾的小说是给舅舅的；漂亮的杯子给舅妈；送给老妈的最多：一件香芋紫的外套、一支笔和一本漂亮封面的日记本。

外婆喜滋滋地换上鞋子，一边连连说道："合脚合脚！"一边摸摸孩子的头说："瘦了瘦了！要好好吃饭啊，不能太拼！"女儿则撒娇地说："婆嗲嗲，我要喝茶！"外公连忙说："早就泡在这呢！是你爸送的碧螺春。"女儿接过杯子，大口大口喝起来。一个泡茶、一个喝茶，是这爷孙俩的保留节目，别人插手不得。

外婆这时又凑上来，抱着孩子亲了又亲，一口一个"乖乖肉啊！乖乖肉"。高出外婆一头的孩子，就任由外婆抱着，笑嘻嘻地捧着茶杯喝茶。

外公外婆带大的孩子，无论多大，都与外公外婆天然地亲近。

除夕夜，大家庭聚会，女儿送给侄子一盒巧克力。尽管侄子已在会计师事务所工作，尽管侄子已经身高一米九，依然姐姐姐姐叫个不停，姐弟俩分享着巧克力，一下子又好像回到童年的时光。

现在孩子又在收拾返程的行李。面对一大堆吃食，迟疑不定。东西实在太多了，都带走，箱子显然放不下；不带吧，都是自己从小到大喜欢的，割舍不下。

什锦菜，是外婆亲手做的，配白粥正好，要带！

三辣菜是古镇的特色，吃面条、吃饺子得就吃，有芥末的香，还有一点冲鼻子，正月里吃正好！必须带！

裕华羊肉这些天吃得不少，舅妈特意弄了真空包装，随开随吃十分方便，出门在外以解思乡之情，当然不能不带！

小海香肚也是真空包装的，与汪曾祺笔下的蒲包肉差不多，切几片，放在微波炉一转，香掉舌头，带带带！

大对虾是爸爸早上去菜市场买的，一只只活蹦乱跳，妥妥的出水鲜。食物牵系味觉，是记忆最好的佐证，也要带，以免行走在外的游子相思成灾！

还有一个保鲜盒，是外公准备的熟荸荠，每一只都削了皮，是柔和的玉色，女儿尝了一个，立即放到了行李箱的最里层。

还有泥螺，是我的第一届学生送的，被密封瓶装着，带去与朋友们分享，一定受欢迎。女儿眼前一亮："这个，必须有！"

行李箱显然放不下了，我拿出早已准备好的食品袋，这是夏天放冰激凌用的，隔热、稳当，把东西一一放进去。老铁见了，又把几个瓶子拿出来，用保鲜膜将瓶口细细缠绕了几圈，又把瓶子倒扣在手上，试了试，确保万无一失，才又一一放进包里。

老铁掂了掂包的分量，自言自语道："还行还行！"又抬头对女儿说："一个包，一个箱子，好拿。"

把行李箱搬进后备箱时，沉甸甸的，老铁又有点不放心，对女儿说："好在高铁、地铁都方便。"

女儿拍拍老铁的肩："放心放心！以往跟老妈出行时，重的都是我拿。"我在一旁哈哈大笑。

到高铁站了，女儿左手拎包，右手推行李箱，冲我们一笑："我到了就在群里告诉你们！你们赶快走吧，这里只能停三分钟。"

我们没有听女儿的，目送她进站。

行囊，归家时，装满孩子对家人的念想；出行时，装满家人对孩子的牵挂。

明天和意外

昨天中午的气温高达三十一摄氏度，到了今天傍晚，跌了一半，只有十五摄氏度。我没有穿风衣，走在地下车库里颇有几分凉意。开车接上小师妹，我们一起去小罐茶茶庄赴贝儿之约。

贝儿两口子刚刚从欧洲旅游回来，三年前的母亲节，她的女儿从纽约寄了一张贺卡给她，其中有句话令她印象最深，那就是"期待我们能很快相聚"。他们一直在期待相聚的日子，但是因为疫情，他们三年都没有相聚。今年，在春暖花开的时节，他们一家终于团聚。在女儿的精心安排下，他们在欧洲，来了一场团圆之旅。

我们到达茶庄，贝儿还没有到。打电话问她，她说正在路上，让我们先坐。服务员把我俩领进茶室，泡了一壶金骏眉，为我们斟上。我俩一边吃着水果点心，一边聊天。

茶喝到第二杯，贝儿两口子来了。数月不见，贝儿的脸色红润，光彩照人。一阵嘻嘻哈哈之后，坐下来接着喝茶。贝儿换了肉桂，新沏了一壶，分杯。她的先生只爱绿茶，用了一个大号玻璃杯慢慢喝。

这时，贝儿话锋一转，说："前阵子，我遇了点事，现在已经好了。"

我们的目光一齐投向她，她淡淡一笑，说："是肺上出了问题。"不等我们问，她接着说："是癌。"看我们大吃一惊的样子，她笑了："你们没听错，是癌，肺癌。"然后，她端起茶杯，啜了一口，接着说："发现得很早，去年12月做的手术，已经好了。"

她又是一笑，连喝了几口茶。她的先生不作声，接着喝茶。贝儿接着说话："你们别急，听我慢慢说。"

"三年前，也就是2020年9月18号，这个日子我记得很清楚，因为那一天我代表单位，参加了宣传部在大丰图书馆多功能报告厅组织的活动，当时就觉得有点不舒服。第二天，就到人民医院做了一个CT，发现肺部有个结节。片子传给上海的专家一看，就说有问题，是早早期。建议我此后每三个月复查一次。"

贝儿停下来，喝茶。

我诧异地问："可是这两年你一直在工作啊，而且有时候是超负荷工作。怎么撑下来的？"

贝儿在疾控中心负责回复关于疫情相关问题的工作。直到去年12月，她的工作才告一段落。而贝儿，就是12月底才做的手术。所幸，手术非常成功。

在她手术之后，贝儿八十岁的母亲才从贝儿的姐姐那里听到消息；贝儿的女儿是这一次他们一家三口在欧洲旅游时才知道的。

我无法想象，贝儿在这个过程中是怎么熬过来的。由始至终，知道这件事情的只有她和她的先生，她的弟弟在她手术之前才知道了这件事，为她联系了最权威的医生和麻醉师。贝儿得有多大的勇气，才能坦然面对这一切，丝毫不影响工作，丝毫不影响生活，丝毫不让生她的人和她生的人担心？生活多少事，都付笑谈中，她做到了！

贝儿听了我的惊叹，笑笑，她说："我觉得自己是个幸运儿，发现得早，治疗及时有效！我要提醒朋友们的是，健康最重要，体检要趁早！"

我们从不知道明天和意外哪个先来，贝儿以亲身经历给我们上了一课。

大春的故事

周六和晴姐一起，去射阳吃喜酒。晴姐作为新人的嘉宾，被邀请参加婚礼。晴姐晚上不敢开高速，邀我同去，我欣然接受。

下午三点半，我去接晴姐，她很细心，已经从花店订好了一束雅致温馨的鲜花，捧在手上，人与花俱美。

射阳离大丰不远，不到一小时的车程。从226省道走，货车多，岔口多，不知什么时候，就会从路边的岔口处冒出来一辆车，开车的体验不太好。我选择从高速出发，虽然略有一点兜路，但是安全。果然，上了高速，一路顺风，我们4点多就到达婚礼现场。

这是射阳县特庸镇一个美丽的乡村酒店，名叫飨食园。现场还在布置，一派喜气洋洋。我们首先遇到的是新郎的父亲，晴姐把花交给他，打了招呼，我们就出去走走逛逛。

这是一处桑乐田园，周围密布着各式民宿。

秋高气爽，蓝天下飘着几朵白云，乡野湖泊，蚕茧桑麻，在这里，时间似乎放慢了脚步，我们可以彻底放松心情，与大自然和谐共处！奔忙的日子里，我们常常忽略那些闪着微光的细节，今天放慢脚步细细欣赏，位于桑乐田园的民宿让人身心放松，推开一扇门窗，总能撞见一片绿色。敞开一扇心扉，总能享受一份愉悦。远离喧嚣，走进自然，微风吹拂，我们感受着大自然淳朴的气息。每一间民宿都是独立院落，简约、质朴、私密的乡舍可以让人放下一切，安心、轻松地享受大自然的馈赠。

晴姐对我讲起了新郎大春的故事。当年晴姐还在大丰港区办公室任职，工作之余，喜欢写文字。大春在博客上与晴姐成了笔友，彼时，大春还是一个刚刚入学的大学生。有一天，大春带着几个同学，来到大丰港，晴姐接待了他们，还带他们参观了建设中的大丰港。后来，博客虽然落寞了，他们的联系保持了下来。

大春经过奋斗，先是考取了南京大学的硕士研究生，后又考上了上海的公务员。晴姐前几年去浦东干部学院参加培训，大春知道了，找到晴姐，请晴姐吃饭。今年春上，大春遇到了一个美丽的女孩，是复旦大学博士，两人一见钟情，缔结了才子佳人的美妙情缘。

我们还在散步，电话打来了，让我们赶快过去入席。大春和新娘光彩夺目地站在那里，晴姐送的那束花被摆在最显眼的位置。大春的身材很敦实，一张一团和气的脸，新娘娇小可爱，眉眼之间很有灵气。

婚礼是大春自己主持的。大厅内灯火万丈，头顶上有几百只的玻璃丹顶鹤在叮叮当当作响，这百鹤和鸣给婚礼平添了许多温馨浪漫的气氛。大春娓娓道来："感谢父母，感谢师友，感谢爱人……"那样的诚恳，那样的温情，让人感觉这才是婚礼该有的样子，这才是幸福该有的样子。

淮扬风味的菜品讲究别出心裁的花式和清爽脆嫩的口感，同时，婚礼氛围让人感到诗情画意，我们也感到了满满的幸福甜蜜。

返程时我们依然取道高速，到家正好10点。大春的故事仿佛一盏路灯，照亮我们回家的路。

雾之歌

昨天与文友元九参加采风活动，偶然谈起两年前在朋友圈我们俩的即兴唱和，会心一笑，找出来实录如下：

海边漫：

黄昏里的路灯，每一盏都像落日
夜色朦胧，晚风沉醉
我刚从你的楼下经过，仰头看向你的窗户

元九：

你也许在家
也许也看向了窗外，只是雾太浓了
那双眸你只当作了星辰

海边漫：

寒星若水，便是你的双眸
雾霭沉沉，是吹向天空的雪花
朋友啊，我看不见你的面庞
可你的双眸像寒星一样
在我心头熠熠闪光

元九：

可是我不敢见你

怕你嫌弃我的冷漠

怕你在春风沉醉的晚上想起冬天

怕你没有像我一样学会思念

我想像风一样吹过你的窗边

像夜樱一样遗落一段暗香

最好像雾一样，悄悄地飘到你的身旁

海边漫：

即使没有雾

你夜樱一样的暗香一样朝我袭来

这暗香

不是花瓣雨，是你

如春风拂面

温暖又纯粹的心灵

芳香四溢，不饮自醉

元九：

云中谁寄锦书来

海边漫：

青鸟殷勤为探看

元九：

像雾一样撩开你的窗帘

你温暖的笑容就像久违的春光
也许就是一块在冬天里积压的寒冰
层层裂开
开出那一种叫幸福的花
化在春天的百花中

海边漫：

乍见之欢，久处不厌
春光曳曳，桃花灼灼

元九：

多么希望春天再长一点
让那花开得再热烈点
就像点缀婚礼的满天星
眨呀，眨呀
有时洒在夜空里
有时就洒在有情人的心上

海边漫：

只要曾经绚烂
长和短又将如何
春的蓬勃，夏的热烈，秋的静美，冬的孤寂
一样地不可取代，不可或缺
生命和自然的一切如此神奇伟大
你看了，听了，闻了，觉知了
你就是自然，自然就是你，无与伦比

元九：

我不要生命长青

也不在乎青春永驻

只要一次浓烈地盛开在4月的田埂上

鸢尾花无声怒放

金龟子躲在草头上

花蝴蝶停留在芍药枝

蜜蜂排队等待槐花开

就连一日看三回的野猫

也学会了爬墙头

海边漫：

这无边的夜色和摇曳的春风啊

黑暗孕育着光明和希望

春风呼唤着绿色和成长

园中的铜钱草展示着顾长的身姿

枝头的红叶李沙沙作响

远处传来的仿佛是阵阵蛙声

耳畔回荡的是广场舞的旋律

还有什么不满足呢

我轻轻舒一口气：活着就足够幸运了

元九：

入夜渐生凉

耳畔鸟声远

惊起频回头

春雨缠如绵

忽一日匆匆又过，平生最恨入眠时

夜寂静

换我一世不展眉

海边漫：

因为一场始料未及的浓雾

我迷失了自己

在浓雾中沦陷

导航一时也不能让我到达目的地

可我不愿停在路边哭泣

我按着导航

在浓雾中"蜗行"，在浓雾中探索

终于在拐弯处

你窗口的灯让我心头一热

长长舒了一口气

我知道自己走出了浓雾和迷失

熟悉的路让我放松

使我放松的还有你的简单和诗意

我沿着熟悉的路前行

那里有我的爱人

在图书馆边等我

无数个电话

代表着担心、焦灼和牵挂

我们在图书馆的路边重逢
仿佛经历了几个世纪
一种失而复得
重新拥有的惊喜涌上心头

元九：

黄昏时，我在旷野里独行，突然巧遇一场浓雾
它悄悄地潜伏，慢慢地接近
有一双手温柔地爬上我的脸庞
试图遮蔽我的双眸
路灯发出暧昧的邀请
脚下的路渐渐地消失在迷茫中
在我遗忘的远方停一停吧
这里就是你到站的港湾
还有虚幻的世界和你追求的幸福
你看一切都那么美好
你所需要的世界都有一块遮羞布
万物皆有灵犀，随时入你梦中
花和草就在触手可及的地方，那里还有温暖的空气
轻轻抚慰
我真的伸出手去触摸我的世界
不过我忘记闭上眼睛了
因为我看见我的手消失在空气里
还有曾经跑动过的脚和腿也在逐渐消失
挣扎中

我摸到荆棘

湿漉漉的汗水从冰冷的脸上滴下

空气里混合了恐惧的腥味

是我流血了

在混沌的世界里人不能停下脚步

留在未知的幻想里

像利剑一样的太阳

总在第二日穿破云层、吹散晨雾

留一条明亮的道路给我上班

海边漫：

你说每盏路灯都像一轮落日

我说落日是每个行人的路灯

满身的疲惫不要紧

温柔的路灯在环抱着你

家中古朴的餐桌上有浓汤和时蔬

旁边有一张温和含笑的脸在等着你

婆婆的萝卜干

小雪节气一到，婆婆就开始腌萝卜干了。

萝卜是婆婆自己种的，是那种大头小尾子的白萝卜，靠近萝卜缨的部分泛绿。婆婆说："这种萝卜不空心，入口甜，适合腌萝卜干。"

院子里有一小块几张桌子大的地，结的萝卜还真不少。每个萝卜拔出来，轻轻一敲，泥全落在地里，再用力一拧，萝卜和萝卜缨子就分开了，分别放到两个篮子里后，我们就拎去水池里洗。

冬阳正好。婆婆在院子里放好了两条长凳，搁上块芦苇帘。萝卜被婆婆切成滚刀块，这样腌成萝卜干后有咬嚼，肉肉的，好吃。切好的萝卜块撒上食盐，反复拌匀，放在一边。

厨房里的水开了，婆婆把洗好的萝卜缨放进锅里去焯水，眼见着它的颜色由深绿慢慢变成浅绿。焯过水的萝卜缨一棵一棵倒挂在晾衣绳上，从叶子末段流下去的水滴掉落在院子里的石板上，滴答滴答的。半天太阳晒下来后，听不到滴答声了，萝卜缨子蔫了。

婆婆开始把腌出水的萝卜块倒到芦苇帘上，萝卜经过盐渍，发出独有的湿湿的清香，在阳光下四溢，只等太阳将水分蒸发，将清香锁住。

婆婆的手从萝卜块上依次滑过，露出不易察觉的笑容。她开始往一只小瓦缸里放萝卜缨子。萝卜缨子铺满缸底后，往上撒盐，一层萝卜缨子撒一层盐，婆婆不时地伸出手指，把虚处压实，到缸口时，最后一棵萝卜缨子正好码完。盖上盖子，婆婆又放了一个石块上去，再按一按，微微点头。

这时太阳西斜，一天就要过去了，婆婆把晒过的萝卜干收到木盆里，端回厨房。第二天接着晒。

萝卜干晒到七八分干，婆婆就不晒了。收到大木盆里，开始拌料。料很简单，只有生姜末和五香粉。生姜末是婆婆先前切好的，细细的，容易入味。五香粉少少的，这东西不能多，多了就喧宾夺主。婆婆开始把拌过的萝卜干往洗干净的玻璃罐头瓶里装，每一瓶都压得严严实实。一瓶一瓶放到太阳下，瓶盖反射着太阳，一晃一晃地，晃得人睁不开眼。等周末我们回去时，这些瓶子就会被装进我们的包里，哥哥姐姐家都有，一视同仁。

婆婆的萝卜干就这样在我们各家的餐桌上"闪亮登场"了。本来是放在其他菜的边上，搭搭嘴的，此时我们都去捡，喝粥时，有了它，能多喝一碗粥；吃饭时，有了它，准要添饭。那样淡黄色的萝卜干，有五香粉散布其上，香香的；有生姜末附着其上，微微有些麻，吃起来脆生生的，有淡淡的咸味，有浅浅的甜味，嚼到最后，以萝卜本身的清香收尾，能不叫人吃了再吃？炒肉丝、红烧鱼、酱排骨，统统靠边站，婆婆的萝卜干最抢手。

我们的三口之家，萝卜干吃得最快，回家时总想跟婆婆再要，可是，哪里还有呢？各家平均分配的，没有多余，要吃，来年再说。

婆婆当然也不会让我们失望。当初密封在小瓦缸里的萝卜缨子，已经被婆婆拿出来，经过婆婆的三蒸三晒，成了一堆堆褐色的蜷曲着的梅干菜了。

婆婆见我们回家，拿出来泡水，餐桌上就多了一碗梅干菜烧肉。那梅干菜吸足了五花肉的油脂，乌黑油亮，和着白色的蒜瓣，韧韧的，并不难嚼，热气腾腾的白米饭拌上它，变得油汪汪、黑乎乎、香喷喷的，打个巴掌都不想松口。

婆婆离开我们多年了，每逢过冬，我们总会想起婆婆，想起婆婆的萝卜干。

吃喜酒

昨天，写了一篇"最轻松愉快的喜酒"，意犹未尽，想再絮叨几句。

吃喜酒，没有不令人愉快的，一对新人在亲朋好友见证下，开开心心，快快乐乐，喜气洋洋组成小家庭，主人完成人生大事，客人乐见其成，宾主尽欢。事实上，乐则乐矣，过程却非常烦琐。

单是拍婚纱照，就像一部美国大片，浪漫梦幻，在婚礼上做背景，滚动播放，既是对新人恋爱历程的回顾，又是向新阶段的宣誓，郑重且隆重。

喜酒开始的时间也很有讲究，不管是数九寒天还是烈日炎炎，非到那一刻，不可能开席。吉时到了，已经饥肠辘辘，你以为可以大快朵颐，然而不能。

主持人深情款款宣布开始，在浪漫的音乐声中，走来一对新人，可以开吃了吧？没有！主持人开始讲新人的爱情故事，彼此交换信物，亲亲。然后，新人的父母双双出场。主持人力陈养育之恩大于天，一对新人与双方父母深情拥抱。然后，父母代表讲话，有时还会再安排一个位高权重的证婚人讲话，一番操作下来，少则几分钟，多则半小时。主持人这才宣布全体举杯，为新人祝福。此时，众宾落座，投箸开吃。

刚吃两道菜，主持人又将新人和双方父母请上台；新人改口喊爸妈，爸妈欣然发红包，众宾热烈鼓掌。然后，继续开吃。这时，来宾之间少不得推杯换盏，彼此敬酒。来而不往非礼也，再去回敬，几个回合下来，忙得不亦乐乎。你以为可以坐下来吃几口菜了。这时，换了装的新娘在新郎和父母的陪同下开始敬酒，一桌接着一桌，摄像师紧随其后，亦步亦趋，录下众宾尽欢的热烈场面。少则十几桌，多则几十桌甚至百桌。一对新人相当辛苦。近年来，新人的父母如果在体制内身居要职，对喜宴规模有具体限制，不得不减少桌数，可是再少，也十几桌，新人们也应付得很辛苦。

现在参加这样只有四桌的喜宴，一下子觉得轻轻松松，清清爽爽，喜气中多了真诚质朴，彼此轻松，皆大欢喜。我问闺密："怎么有勇气这样操办？"闺密笑笑："儿媳不喜繁文缛节，想旅行结婚，我们尊重孩子们的意思。本来只有两桌，老婆婆（闺密的婆婆）不肯，出面干预，才改成四桌。"我说："你娶了一个好儿媳，她也很幸运，遇上你这个好婆婆。"

其实，喜酒就是一个昭告，让新人的亲友做个见证，新人从此迈上幸福路。有没有人见证，多少人见证，日子都是一对新人自己过。闺密是211高校的老师，儿子儿媳从哥伦比亚大学毕业。闺密和老公相亲相爱，他们的儿子儿媳也相爱多年，喜结连理，仿佛是他们幸福的翻版。腹有诗书气自华，一场繁复累人的婚宴被他们处理得简简单单、轻松自在。认知的高度带来幸福的勇气，简简单单的爱，一点都不简单。如果，每场婚宴都简单一点，世界更和谐，生活更美好。

花房姑娘

娇小玲珑的身材，干净合体的衣着，利落的短发，微笑的脸庞，清清雅雅的声音，这，便是紫薇了，紫薇花房的主人紫薇。

与紫薇初相识是在多年前。那时，我刚刚喜欢上了月季，尤其是黄色的月季。周末，我骑车闲逛，无意中发现了这个花房。花房紧靠边防大队，中间隔着一个公共厕所。对紫薇花房而言，好处多多。

一些路人经过此地如厕，总被紫薇放在花房门口的大大小小的盆栽吸引，她们常常驻足观看。看着看着，就要问上一两句。紫薇如果不忙，会笑眯眯地答话。如果忙，她会抬起头，朝这边望望，并不忙着推销自己的花草。倒是一些问路的，她会主动搭话，指点一二。如果路人想买，她会不动声色地挑一盆品相好的，递给对方。至于花的价格，当时你不觉得怎么样，可是过一阵子，你的朋友或者同事或者邻居，也买了同样的花，听他们随口说出价格时，你心里会震一下：原来紫薇的花不光好看，价格还便宜。你以为不过是偶然。可是下回买，还是这样。日子久了，知道紫薇花房的人，就越来越多了。

紧靠公厕的好处之二，就是各种地栽的花花草草能够受益。庄稼一枝花，全靠肥当家。紫薇花房的凌霄，蓬蓬勃勃。铜钱草疯长，后墙、地缝、树下，哪哪都是。我当时就是被红彤彤的凌霄花吸引过去的。

紫薇听了我的来意，说了一句："你跟我来。"

紫薇带我来到后面的花棚。说是花棚，那时其实就是用绿色铁丝网圈的一个露天花圃。里面放着大大小小栽着花花草草的花盆。在那里，她找到了我要的两棵月季。黄色的，含苞待放，让人想起了吉永小百合《幸福的黄手帕》；红色的，开了两朵，是那种丝绒触感的花瓣，红得发紫，红得高贵。我立马买下。一到家就立刻在院子里种下。到了第二年春天，果然就收获了想要的月季。

我在去紫薇花房买树状月季时，遇到了紫薇的儿子。没想到紫薇已经有那么大的儿子了。孩子考上一本，紫薇很开心。孩子一边听妈妈跟我说话，一边手脚不停地搬花盆、整理花架。

我买的树状月季有点大，后备箱放不下。紫薇说："您告诉我地址和在家时间，我们送您家去。"

傍晚，我们正在吃饭，传来敲门声。我去开院门，一辆小皮卡上载着树状月季，车旁站着紫薇和一个身材高大的中年男子。紫薇介绍说，这是她的老公大陈。

大陈高大帅气，足足高出紫薇一头。那样高大的男人脸上，却挂着一丝与年龄不符的害羞。老铁敬烟给他。他笑了笑，说："活计做好了再抽。"说着，就接过香烟夹在了耳后，开始弯腰挖坑。栽好后，他直起身，走到院子一角的水池旁，拿起水桶开始放水。老铁这时把打火机凑到他跟前为他掌火。他又是微微一笑："得罪得罪。"一边说一边取下耳后的香烟，对着打火机，点着烟，吸了一口。然后，拎起水桶，走到刚刚栽下的树边，先慢慢倒了一半，待水全部渗下去，又倒下剩余的一半。

大陈浇水的空当，紫薇把刚刚放树状月季的地方全部打扫干净，就好像约好了一样，两人同时做完了手里的活。

夜幕低垂，月亮已经高挂天空。我想起厨房里还有粽子，就拿了两个塞到紫薇手里，她不肯要。我说："这是我妈裹的，你俩尝尝。"她这才接过粽子，坐上小皮卡，和大陈一起，身披月光，踏上回家的路。

闻郎海上踏歌声

　　适逢夏至，一年中日照时间最长的一天，我们踏上南黄海湿地采风之旅。

　　清晨六点半出发，汽车在海边公路上疾驰，道旁的树迅速后移。梅雨初霁，晨风轻柔。路的左边是农田，庄稼茂盛。路的右边，树林郁郁葱葱，芳草萋萋，蝉鸣声声，麋鹿正低头觅食。夏的生机和活力，在长长的海岸线彰显得格外明朗。

　　从滨海高速口下来，滨海文联的车早早等候在那里，满满的诚意，满满的热情。

　　在古淮河入海口，早晨8点多钟的太阳照耀着堤坝，清风徐来，水波荡漾。1194年，黄河夺淮，泥沙淤塞河道，淮河失去了起初的入海通道，雨水一多，洪涝灾害接踵而来。2003年，失去入海水道八百多年的淮河水，重新有了独立的排洪入海通道。眼前入海口的水，一浪轻拍着一浪，诉说着滨海人征服洪水的伟大壮举。

　　"从大众中来，到大众中去"，我们来到了盐阜大众报旧址陈列馆。创立于1943年的《盐阜大众报》，至今整整八十年。这份诞生于枪林弹雨中的报纸，几经磨难，经受着残酷的考验。蒹葭苍苍，芦苇荡中的办报者，昼伏夜出。一份份报纸，鼓舞着士气。一个个铅字，激荡着人心。头顶青箬笠身穿绿蓑衣，他们在风雨中呐喊，在风雨中鼓舞，摧毁了国民党反动派的根基，启发了民智，是打向敌人的匕首和尖枪。八十年风雨兼程，承载历史，记录时代，是七百万盐阜人民的精神家园。

在中国海油盐城绿能港内，一条长长的栈道码头，这端连着"气墩墩"，那端连着黄海。栈道长八百一十六米，"气墩墩"是四座形似鸟巢的巨大液化天然气储罐，这便是中海油滨海LNG项目。卡塔尔的天然气漂洋过海在这里落户安家。一期工程投产后，这里的天然气可供全省居民使用二十八个月，减少的二氧化碳和氮氧化物排放，相当于每年植树造林八千万棵。

谁能想到，五年前的此地，还是一片荒芜。夺淮入海的特殊位置决定了这里土质松软。此地建油罐，等同于豆腐上放秤砣，难以想象。项目建设者们，像一头头孜孜不倦的老黄牛，排除万难，一千四百四十根桩基全部准确无误扎根到位，分毫不差。曾经浑浊的海水荡起碧波。液化天然气的英文缩写、绿能港和老牛哥的首字母，都是LNG，惊人的巧合。

滨海老牛哥建港创业，把绿色清洁的能源送进千家万户，民众安居，环境环保，冥冥之中顺天应人，苍天护佑，还此地以清波。蓝天下，丹心与碧海辉映，老牛哥为绿能赋能。

到滨海而不去月亮湾，等于没到滨海。

年前，我们夫妇与朋友夫妇同游月亮湾。那是一个冬日黄昏，我们离开扁担港，恰与月亮湾夕照相遇。我们立于栈道，看浪花飞溅，海浪拍打着岸边，发思古之幽情。东临碣石的豪迈与大漠孤烟的寂寥兼具。莽莽苍苍的天地间，月亮湾让我们的身心放空，让我们比任何时候离我们的灵魂更近。

现在，我又站在月亮湾的堤坝上，听工作人员介绍着月亮湾的蓝图。我有点走神。

这个夏至不太热。不必说远处九曲黄河的叠水景观，也不必说近处未来可期的海滨浴场，单是眼前这天人合一的自然环境，河海交接，水天一色，就足以令人流连忘返。为民造福、彪炳千秋的宋公，为这里打下厚德载物的底蕴。月亮湾是厚重的，它承载身心；月亮湾是空灵的，它放飞自我。天上一轮明月，地上一个海湾，遥相呼应：但愿人长久，千里共婵娟。

作别滨海的途中，我们经过了亚热带、暖温带分界线，这是国家地理上的一个重要地标。滨海，就是这样，在不经意间展示它的不同凡响。

射阳篇

离开滨海，车子南行，来到射阳。

"鹤鸣九皋，声闻于野"，没有哪个地方如鹤乡射阳这般，单是这诗意盎然的地名，就让人心生向往。

第一站是日月岛。满目都是古朴的原生态，蒲草在水中摇曳，水面上布着深黄和浅黄的花朵，这便是荇菜了。

仿佛一位儒雅清秀的男子遇见心爱的姑娘，一见钟情：哦，原来你也在这里！想说爱你口难开。敲钟击鼓，弹琴奏瑟，这个出自《诗经》里的美丽爱情故事家喻户晓，耳熟能详。湿地，就是诞生这故事的摇篮。日月岛，宛若东方爱情的诺亚方舟。

来到太空乐园，穿越奇幻光影，我们有了一次探索太空的神奇之旅。置身于彩色线条灯打造的星际空间，穿梭于浪漫神秘的宇宙星河，体验冲刺，感受激情。在后羿射日的故乡，这样的沉浸式体验，使人产生了可上九天揽月的豪情。

在葛军艺术馆，一百九十九幅风格迥异的"福"字书法作品，展现了中国独特的传统文化。福田广种，寿域同登。湿地便是福田，泽被万物，泽被苍生。二十把紫砂壶静静地陈列在那里。将军壶寓意深邃，红旗飘飘壶意向丰满。艺术源于生活，艺术源于内心。雕中自有禅心，塑中自有哲理。每一件作品，自净其意，观者各得其妙，令人油然而生无限敬意。

离开日月岛，我们来到观海台。乘着电梯，到了第一层观光台，我们没有止步，拾级而上，到了顶层玻璃栈道。千里湿地，万顷碧波尽收眼底。远眺、拍照，我们一样都没有落下。"欲穷千里目，更上一层楼"，说的就是此情此景了。

"黄沙吹老了岁月，吹不老我的思念"，最后一站，便是黄沙港了。

我对射阳的初印象是来自大学同学的一篇散文《枕头》。那年，同学刚刚考上大学，在黄沙港工作的父亲送了一个枕头作为升学礼物。那枕芯与众不同，是用洗干净的旧渔网做的。枕上那样的枕头，父爱如海风吹拂，深沉、细腻又温暖。

黄沙港的中枢，是泊心广场。这里就像一个避风港，你若是浪迹天涯的游子，这里就像母亲的怀抱，接纳你，抚慰你，疗愈你漂泊的心。在渔港会客厅，黄海里游弋的形形色色的鱼和驰骋着的大大小小的船一一呈现在我们的眼前，由往日的远观，变成现在的零距离的"亵玩"，你可以从容地听黄沙港把大海说给你听。

我被那些展品深深吸引住了：原来我们近在咫尺的黄海里面住着这样的鱼，驶着这样的船，黄海，我今天终于触碰到你了！

在"鱼眼看世界"视觉主题公园，我们仿佛化身为大海中一条快乐的小鱼，见证海底世界的美好神奇。刚刚九天揽月，此刻五洋捉鳖，这样的奇幻之旅令人心花怒放，"便引诗情到碧霄"了。

夕阳西下，美丽的黄沙港披上万道霞光。不远处的海王禅寺传来暮鼓声阵阵。霞光中，三面观音颔首注视着一切，淡淡的禅意，淡淡的幽远，泊心，便是这里了。

晚餐因地制宜，新鲜海味自不必说，最爱的是那道主食：南瓜面片。是那种切成小块的青皮南瓜，配上面片，软糯劲道，满满的儿时味道，和着东道主的热情质朴，让人吃了还想吃。

　　繁星满天，我们踏上回家的路。来时满怀期待，归家回味无穷。大美湿地，不虚此行。

冬食鳟花鱼

小雪节气后第一次降温，朔风瑟瑟，水瘦树寒。正要找衣橱里的羽绒服来穿，小九妹打来电话："中午去小街聚聚吧。"

"好的好的！"踩着饭点，四人驾车而来，不足二十分钟，我们就到了知青小街。

路旁的小菜园里，冬菜长得正盛。最惹眼的是彩椒，那叶子绿生生的，红色、黄色的彩椒泛着幽幽的光，醒目又热烈。

停车的时候，两条黑色的狗汪汪地叫，似是欢迎，又像嬉戏，我们更愿意认为是欢迎。这样，一下子就进入了"荞麦青青""鸡犬相闻"的氛围中，轻轻松松，惬意温馨，就连风也觉得小了。不远处，一山正笑盈盈站在那里。

穿过长廊，进入大厅，方桌上杯盘菜肴已经放好。一山一边招呼我们坐下，一边说："厨房里还有两个菜，我去端过来。"

随着菜一起端来的，还有两杯温温的枇杷露。我和小九妹一人一杯在手，未喝心已暖。

一山打开一瓶年份悠久的酱香白酒，不再喝琵琶露的两个人，加上一山，我们三个杯子把酒分了，开始吃菜。

大家的目光不约而同地落到萝卜香菜上。萝卜和香菜都是刚刚从菜园里拔的，红皮白心的萝卜与碧绿的香菜放在一起，光是看看，就那么赏心悦目，一口吃下去，爽极，跟想象一样，完全没有令人失望。

一山抿了一口酒，指指中间冒着热气的两个碗："这才是重点，尝尝，尝尝！"

这是一盆看似平常的大白菜烧肉片，汁白汤浓，亮点在肉片上。不是五花，不是梅条，粉嫩的鲜肉与丝丝白色油脂相映成趣，状如梅花，撚一块放在嘴里，嫩而鲜，这就是行家口里的梅花肉了。白菜的清香中和了梅花肉的脂，油而不腻，清而不寡。

正回味间，一山给我们每个人的盘中撚了一条鱼，不看不要紧，一看吓一跳，盘里赫然躺着的是一条野生鳜花鱼，就是"桃花流水鳜鱼肥"的鳜鱼。这样的初冬时节，到哪里找到这样的宝贝？

一山慢悠悠地说："前些天气温高，暖冬的节奏，我去邻区办事，正好在经常买鱼的鱼店遇上，一下子全买了回来。"

一山催大家趁热吃。眼前这条鳜鱼，大嘴巴、扁身子，黑斑点点，乌花密布。它是鱼界的霸王龙，凶猛无比，不吃水草，专吃水中的小鱼小虾。所以鳜鱼是不宜与其他鱼一起放在盆中养的，不用多久，那些鱼虾必然会成为鳜鱼的口下败将、嘴中美味。

想起学生时代住宿，每每放假回家，父亲必定提前买好鱼虾，等我回家。虾是河虾，鱼是鲫鱼。有一回，父亲又去买鱼，竟然遇到了一条鳜花鱼，大喜买回，母亲煮好鱼，我刚好到家，一家人围坐，开开心心大快朵颐。后来，这样的鳜花鱼很少遇到。鳜花鱼，成了至味的代名词。

"姐姐快吃呀！"小九妹在提醒我。一筷子下去，蒜瓣肉撚起来，哇！肉质丰满，肥厚细嫩，记忆中的味蕾被唤醒，一吃就停不下筷子。转眼之间，一条鳜花鱼只剩下鱼头和鱼脊梁，这时我才小心翼翼地伸向鱼头那两块嘴后鳃边、眼下的蒜瓣肉，慢慢咀嚼，心满意足！

鳜鱼也是汪曾祺的最爱。老爷子是里下河畔的高邮人，把鳜鱼称作鳜花鱼。他喜欢清蒸鳜花鱼，一条鱼剖下来，两片鱼肚打上花刀，大大的鱼头在前面耸着，撒上姜丝葱段，隔水一蒸，香味扑鼻，人间至味。像今天一山用土灶红烧，大火煮开，小火慢煨，打开鱼肚，鱼肝好端端地藏在那里，与鱼鳃边的两块肉一样难得，只是更糯更软，有人说，这就是鳟花鱼的花，我不懂，我一直以为，鳟花鱼身上的斑点就是花，问九妹，她含含糊糊，一山不置可否。只是觉得，每一条鳟花鱼，一山收拾得那么仔细，把鱼肝细细地洗了，和着鳟花鱼一起煨，一点都不浪费，敬天惜物，就藏在这细微之处。汪曾祺的清蒸鳟花鱼，我们只能隔着书本去想象，一山的红烧鳟花鱼，是我们眼前的美味，可见可尝，食之难忘，回味长久。

现代人生活节奏快，聚餐稀松平常，一大群人轰轰烈烈，推杯换盏，吵得人头发晕。像今天这样，于知青小街一隅，三四人围坐，细语慢酌，人间烟火，莫过如此。

宠物医生有点忙

纵然万般不舍，万般无奈，还是把冬冬送到宠物医院动了一刀。

这几天连续降温，初春的天气，阳光虽很明媚，手伸出去，还是寒意无限，真是春寒料峭。那宠物医院其实离家并不远，出了小区东门左拐便到。老铁一人抱着冬冬去就可以完成。可是他不答应，说是不想独自跟冬冬结怨，偏偏要拖我下水，说什么要做冬冬的仇人就两人一起做，他不能独担罪名。摊上这么一个爱猫成痴的老公能咋办，那就一起去呗。

宠物医院不大，一楼门诊，二楼手术。我们进去时，已有三家人带着各自的宠物排在前面，我们排在后面耐心等待。

三家来了五个人。排在最前面的是一对抱着蓝猫的中年夫妇，妻子自称猫妈妈，一边安抚着喵主子，一边告诉医生症状："贝贝（就是她家喵星人）小便里有血，已经好几天了，医生医生你说咋办呢？"她连喊了两声医生，焦急之情溢于言表。医生问："是不是过年给它喂零食了？""医生你怎么知道的？""这几天每天都有七八个这种情况的，一问都是家人给猫咪喂了太多零食，人吃的零食都随便往猫嘴里喂，也不考虑猫是不是能消化。""医生，我们喂的是牛肉，新鲜着呢！""高蛋白食物猫咪吃了不消化，现在你看到的是小便带血，发展下去就会尿结石，最后会把你的宝贝猫咪疼死。""啊！那怎么办？""打针，一周三针，停止猫粮以外的其他食物。"那对夫妇中的妻子不住地点头，让护士给猫咪打针。

第二位是一对母女，女儿手中抱着一只大大的银渐层，与冬冬不同，非常剽悍，大概是因为不熟悉环境，不停地在叫。妈妈在边上说："太犯嫌了，到处尿，跟着后面洗也来不及，那味道太呛人啦！"不用说，这情况跟冬冬一样。妈妈还在那里说："必须弄一刀，省得它成天往邻居家跑，花花肠子太多。"医生过来给喵星人称体重，打了麻醉，上楼做手术去了。

第三位是个宝妈，我以为她抱着的是一只金毛，她一听乐了。"你看你看，它是不是该减肥了，明明是一只博美，吃得太多，生生被人当作是一只金毛。"医生做完手术从楼上下来了。宝妈说了博美的情况，与蓝猫一样，小便带血。不等医生问，宝妈又说："我们家博美没有吃牛肉，吃的是排骨，每一顿都是。"医生笑了："这也是高蛋白呀。"同样的叮嘱，又对宝妈说了一遍。给博美打完针，轮到我们了。

冬冬很乖，非常配合，越配合，越让人心疼。麻醉结束后，就上楼手术。二十分钟后，冬冬被送下来了，依然是昏迷状态。我们注视着冬冬，静静地等待。

一边等待冬冬苏醒，一边看着宠物医院进进出出的顾客。每一个宠物背后，站着一个主人，一个家庭，人们对宠物的情感依赖，不亚于宠物对人的依赖，这相互依赖背后，折射的是什么？我一时说不清楚。

冬冬醒了，小小的身体偶尔抽搐一下，惊魂未定。它趴在老铁肩上，在早春的煦日和微风中跟着我们回家。

新节目

这几天，冬冬又有了新节目。

先是吃。冬冬是只猫，但绝不是只馋猫。前后养了好几只猫了，像这样不馋的猫还是头一回遇到。除了猫粮，啥也不吃。给它蛋黄，不吃；给它牛肉粒，不吃；给它鱼，还是不吃！哪只猫不吃腥？答曰："吾家冬冬。"

大年初二，冬冬在餐桌下转来转去，女儿剥了一只对虾，撕成小块，丢给冬冬。冬冬凑上前去，先嗅了嗅，就埋头吃起来，不一会儿，一只虾被消灭干净。冬冬又凑到女儿脚下，女儿又剥了一只给它。直到吃完第三只，冬冬才跑到阳台上，躺在阳光下，悠闲地舔身上的毛。

自此，每天到了饭点，必然凑到桌边，等着吃虾。

再是玩。女儿喜欢把冬冬举起来，一边举，一边说着"举高高"。冬冬自此迷上了举高高。

昨晚我也把冬冬高高举起来，连续举了几次，打算放它下来。可是，冬冬趴在肩头就是不肯下来，口中还发出咿咿呀呀的声音，似是幼童撒娇。

失而复得

没有尝过失恋的滋味，却屡屡被走失的猫所伤。

昨天晚上吃过晚饭，接到大学同学的电话，说是在荷兰花海参加一个全国会议，适逢晚饭后休息，过来看看我们，让我立马发个定位给他们，我喜出望外。他们夫妇都是我的大学同学，上次我们见面还是四年前。疫情之后，再也没有见过面了。我嗔怪闺密没有早点告诉我，她说，就是要看看突然袭击的效果。

二十分钟之后，他们到了。老友相聚，一点都不陌生，四年的时间一点都不觉得遥远，仿佛昨天刚刚见过一样。坐下来热烈畅谈，一个多小时过去了，浑然不觉。因为第二天会议议程被安排得满满当当，还没有聊尽兴，他们就要回酒店了。我们约好散会后再聚，就送他们下楼。

就在送别的一刹那，我才发现，原来我们只顾聊天，大门一直没关，我瞟了一眼猫窝，不见冬冬的身影，心里咯噔一下，没有吱声。

待送走他们，回家四处不见冬冬。老铁到地下车库找，我在小区里找，逢人就问，邻居都说没有看到。然后，我们交换场地，他到小区找，我到地下车库找，不见冬冬的身影。我们又一起在树丛边上轻唤，偶尔窜出一只流浪猫，就是没有看到冬冬。

到了午夜12点，我们累得不行，此时又不适宜呼唤冬冬，我们决定回家明天接着找。

这时躺在床上是不可能睡着的，心心念念，满脑子都是冬冬。两人商量好明天的找猫计划，依然睡不着，直到凌晨2点，才昏昏沉沉睡去。

睁开眼六点半，我第一件事就是把拟好的"寻猫启事"和冬冬的照片发给常去的文印社，电话打过去，确认老板娘已经到店里，就立即下楼骑上电动车，直奔文印社而去。

到了文印社，老板娘已经制好版，只等我确认付印，果然是老朋友，心有灵犀，一点都不需要修改，直接印了十份。

就在我拿着"寻猫启事"回到小区，刚在电梯里贴了一张时，去调小区监控的老铁打来电话了："反复查看，没有在电梯里和一楼大厅看到冬冬的身影。"一听这话，我的心落了一半：最起码，冬冬没有出这栋楼，也没有到地下车库，昨晚基本上是南辕北辙，找的方位不对，我们应该沿着步行楼梯向上寻找。搜寻的范围大大缩小了。

两部电梯里的"寻猫启事"贴好后，老铁打算回来和我一起向上寻找。这时老铁遇到一个邻居，说是昨晚九点半在十二楼看见过我们家冬冬，当时他想上前抱住冬冬，冬冬很害怕，刺溜一闪又沿着楼梯向上走了。

这就对了，在楼上，而且范围进一步缩小，我们往十二楼朝上寻找。大概是因为有了明确的方向，老铁很兴奋，从十二楼向上，逐层搜寻。

没过多久，老铁电话打过来了："找到了！在二十三楼找到了。"邻居在楼梯转角处放了两个纸箱子，老铁找到二十三楼，轻唤冬冬的名字，发现纸箱里有动静，连着唤了两声，冬冬从纸箱里探出脑袋，见是老铁，一下子扑到了老铁的怀里。

电梯里邻居看到抱着冬冬的老铁，笑眯眯地问："找到啦？"

"找到了！找到了！"老铁一边开心回答，一边腾出手去撕那"寻猫启事"，邻居笑着说："你回去吧！你回去吧！我来帮你撕！"

冬冬把头埋在老铁的怀里一动不动，进了家门，眼神游离，夹着恐惧，还是一副惊魂未定的样子。看见我，顺从地扑到我的怀里，头贴着我的肩，不想动，在陌生地方度过的这一夜让它一时缓不过神来。我轻轻拍拍它，任由它释放出不安和惊惧。大约过了五分钟，它才开始吃猫膏，只吃了一点点，又不吃了。水，也不喝；猫粮，也不吃。昨天一个罐头刚刚吃完，新买的中午才能到。又过了五分钟，冬冬凑到铜钱草花盆边上，开始喝里边的水，老铁说："嗯，又开始调皮了，看来，缓过来了。"

　　喝了一点水后，冬冬跳到我身边，又恢复了那种我到哪里它到哪里的做派，一切恢复如常了。

从天而降的可可棒

早上醒来，在床上发现了一根奥利奥可可棒，心下疑惑：老铁去雁荡山写生了，今晚才到家，我没有在床上吃零食的习惯啊，这可可棒一向放在客厅茶几的托盘里，怎么会到床上来呢？

家里没有别人，投喂我的，只有冬冬了。

今天醒得迟，往常6点多，冬冬总会准时来到床前，先跳上床头柜，再凑到我面前，嗅嗅我的头发，嗅嗅我的脸。老铁在旁边妒忌得要命，一声接一声地喊："冬冬！冬冬！"冬冬充耳不闻，继续在我脸上嗅来嗅去。老铁如果非要撸它，它先一动不动任凭老铁撸几下，待老铁放松警惕，它就刺溜一下溜走了，连尾巴都拽不住。

老铁把我们与冬冬每天早上的互动，称为早课。

也许今早冬冬进来上早课时，看我没有醒，没有像往常一样伸手撸它，它便到茶几的托盘上叼来这根可可棒。

我能脑补出冬冬当时的情景：跳上茶几，伸出前爪，轻轻地从托盘中把可可棒往外拨。一下，一下，再一下，反正边上没有人，它想怎么拨就怎么拨。就这么拨啊拨，冬冬就把可可棒划拉到地上了。然后，叼起可可棒，离开客厅，飞一般来到房间，跳上床头柜，叼到我的身边。它一定是像缴获战利品一样，向我表功的，可惜我睡得香，没能及时与它互动。它当时一定非常期待，期待我抱抱它，摸摸它的额头，摸摸它的小鼻子，然后再把手伸向它的下巴，它必定非常配合地抬起头，闭上眼睛，陶醉在撸脖子的快乐中，不想离开。

当然，这都是我的想象，我的脑补，我其实什么都没有做，一味睡着。冬冬眼看着今天的早课没有听众，想必当时是快快地离开，失落得很呢！

我先把可可棒拍下来传给老铁，这样的投喂必须嘚瑟，让他嫉妒，让他眼红。问他："惊不惊喜？感不感动？"他飞快答道："羡慕嫉妒，不恨！"我哈哈大笑，立刻起床，不忙洗漱，先找冬冬。

家里每个房间都是它的据点，妥妥的"狡猫三窟"，不，"九窟"都不止！只要发现舒服的地方，它立马占领！占领的方式简单粗暴，就是霸占着不走。连续好几天，直到我们习惯它在新领地为止。好在，冬冬的生活习惯很好，不管占多少"窟"，它都会在固定的猫食盆就餐，在固定的水盆喝水，在固定的猫砂盆如厕。

而在新领地，它所做的，不过就是酣睡，不过就是打理自己的毛发，反复舔舐，乐此不疲，何况，那样一只高颜值的猫，无论是酣睡还是打理毛发，那姿势，说优雅悠闲一点不为过。看着，让人心软，让人心暖。你无法区分，究竟是你照料了猫，还是猫治愈了你。

找了几个地方，都不在。莫非，又有新领地了？

果然，我在茶室一隅的书架上发现了冬冬。它正躺在书架上的一沓毛边纸上，静静地盯着我。

喊它，不理。

"下来呀，下来。"

"冬冬，那是我练字用的纸呀，你躺在上边，下回我怎么用？"

它瞟了我一眼，不予理睬，换了一个姿势，继续躺。

再去看猫食盆，昨晚放的猫粮不见了，敢情冬冬已经吃过早饭。现在不过是因为我没有与它例行早课，在家里四处逡巡，发现了新领地，闭目养神了。

我想了一想，也是，人家的投喂，你没有答谢，现在躺在你的书架上，就躺一下，又怎么啦？

行行行，谢谢你的投喂！冬冬你继续躺在我的书架上吧。

我把手上的可可棒，放在梳洗台的杯子旁，开始梳洗。每瞟一眼，心里就美滋滋的。这温暖的投喂，开启了美妙的新的一天。

对你说声抱歉

吃过晚饭，老铁还没站起身，冬帅（文友君君赐名冬帅，甚合吾心。谢谢君君，这厢有礼了！）就爬到老铁的腿上。老铁大喜，一把把它抱到了沙发上。没办法，洗碗的重任就落到我的肩上。擦干净桌子，碗筷收拾进厨房水槽，埋头洗起来，水龙头的热水无声地流过手上，洗碗海绵接触陶瓷釉面上。热水流过的釉面，也变得温暖起来。客厅里传来周深为电影《流浪地球2》献唱的主题曲的旋律，空灵飘逸，一半缥缈一半飞扬，这早春的夜晚让人沉醉。

恰在此时，窗台上似有影子在移动，我疑心自己花了眼：这露台并无别的人家，这影子从何说起？从何而来？不理它，继续洗碗。

碗洗好了，用抹布把灶台和油烟机细细擦了一遍，光可鉴人，非常满意自己的劳动成果。还有最后一步，洗完抹布晾好，洗碗工作就算大功告成了。

窗台上又有影子在动，定睛一看，没有花眼，一只体格硕大的三花猫正伏在窗台上，隔着窗格和玻璃，眼睛一眨不眨地看着我。见我看到它，丝毫没有害怕的意思，反倒有几分期盼。

厨房的灯光照在它的脸上，这回我看清了，正是楼下那只流浪猫。去年，它就不止一次从步行楼梯爬到我家门口，每次我们都带着猫粮送它到楼下，让它饱餐一顿离开。天气最冷的时候，我拿好猫粮到楼下找它，每次它吃完后都要在地上打几个滚儿，以示感谢。甚至，它还要跟着我进电梯，想让我带它回家。

可是今晚，它又是从哪里上来，怎么爬到我家窗台上的呢？

它见我望着它，为成功引起我的注意而高兴得摇起了尾巴，还一个劲地把脸往玻璃上蹭。我挂好抹布，走出厨房，来到阳光房，拿出冬帅的猫粮，打开门，走到露台上。三花猫已经从窗台上跳下来，等在那里。我把猫粮放在一个盘子里，它急不可待地吃起来。吃了一阵，它抬起头看看我，又埋下头继续吃。不一会儿，盘子里的猫粮吃得差不多了，我又往里面添加了一些，足够它吃个肚圆。可是，吃饱之后，它并没有离开的意思，脸一个劲地在玻璃门上蹭。我关上门，进客厅，喊老铁过来看。

老铁抱着冬帅走了过来，隔着阳光房的玻璃门，三花猫还在那里，没走。

老铁放下冬帅，想给盘子里再加点猫粮，可是盘子里的猫粮还有不少，显然，三花猫吃饱了，它，只是不想离开。

这时，隔着玻璃的冬帅突然对着三花猫龇牙，还发出低低的吼声，非常不友好。老铁笑着对冬帅说："客气点！你在屋内，要明白人家的不容易。"冬帅才不管呢，吼声更大了，不停地宣示着自己的主权。老铁抱起冬帅，朝三花猫挥挥手："不好意思哈！不能留下你了，否则家里不得太平！我向你保证，每回你来，都会让你吃得饱饱的。"

三花猫等了一会儿，不见开门，刺溜一下，离开不见了。

得胜的冬帅头埋进食盘里，吃个不停，仿佛在说："我的地盘，不容染指！"

门里门外的猫

早晨起来，刚打开卧室的门，冬帅闻风而动，照例叮当叮当摇过来。

我走向阳台，玻璃门外一个熟悉的身影站在那里。不错，就是那只三花猫。它正趴在门上，脸贴成了一个饼，看到我，立起身，尾巴支棱着，表达友好。我拿出猫粮，它又急不可待地吃起来。

头戴着伊丽莎白圈的冬帅看到这只三花猫，再次张牙舞爪起来。只见它直起身，两只前爪不住地乱舞。三花猫抬起头来，并不去看冬帅。而是放下口中的猫粮，在玻璃上不住地蹭呀蹭。我知道，它这是在向我们示好。我朝它挥挥手，不必客气，继续吃你的。三花猫于是继续吃。这边冬帅继续不淡定，两只后脚蹍呀蹍，两只前爪拍呀拍。口里不住地吼，三花猫吃了多长时间，它就吼了多久，上蹿下跳，喵喵地直吼。

冬帅手术还未满一周，那伊丽莎白圈围着它的脖子，行动起来甚是不便。这丝毫不影响它怒吼，随着一声声吼叫，那橙色的伊丽莎白圈一次次击打在玻璃门上，发出哒哒的声响，颇有助威之势，实际上，不过是虚张声势。

冬帅，帅则帅已，不过比小奶猫大一点，五斤半，刚刚超过手术规定体重的一点点。而那三花猫体格健壮，目测大概十斤朝外，正好是冬帅的一倍。因此，不管冬帅在门内怎么哇啦哇啦，拍门挑衅，那三花猫气定神闲，搭都不搭理它。

三花猫吃完猫粮并不离开，我出去搬花盆，它就跟在我后面，寸步不离。

门内冬帅看到了，跳得更凶了。老铁说："你进来吧，再让冬帅看到你跟三花猫在一起，闹得更凶了。"

我过来抱起冬帅去吃食，暂时分开它们。

大约刚才闹得太凶，加上戴着伊丽莎白圈，体力透支不少。冬帅埋头吃起来，盘中猫粮吃了一半，又想起三花猫，凑过去又是一番龇牙咧嘴，似乎在大喊："我的卧榻，没有你的位置！"

三花猫再次登门，老铁再也不想赶走它。冬帅共有三个猫窝，老铁就挑了一个最大的，放在露台的长椅子下面，三面环绕，温暖安全。我又拿来一个垫子放在椅子上。三花猫见了，并不往猫窝里钻，而是跳到垫子上，跟我们摇摇尾巴，我摸了摸它，它乖乖地趴着，随你撸。

就这样，门内一个，门外一个，隔着玻璃，相安无事。

事情到这里并没有完。三花猫有了安身之所后，野性犹存。中午吃了猫粮，就外出散步，不知踪迹。冬帅看不到它，也安然如故。

晚上天黑后，三花猫回来了。看到它吃猫粮，冬帅又跳了起来，反正打不起来，我们不理它。那伊丽莎白圈又随着冬帅跳动哒哒哒、哒哒哒落在玻璃上。

第二天给冬帅喂食，放在猫窝边上的一块猫爪板被抓得四分五裂，大约冬帅奈何三花猫不得，气全撒在猫爪板上了。

门外，三花猫悠闲地吃着猫粮，不看冬帅。

青春期

　　我们离家不过一天，此前从来没有把冬冬单独留在家里超过半天，两人中必有一个陪着。这一次我们离开二十多个小时，它能适应吗？回家的路上，我们在猜测，冬冬会在家干什么呢？进了家门，冬冬没有像往常一样迎上来，趴在猫窝里一动不动，看都不看我们一眼。仔细一闻，还有一股怪味，什么情况？我们四处寻找。

　　老铁敏锐，发现了异样。摆在门口的他的拖鞋上湿湿的，异味就出自那里：冬冬在拖鞋上小便了！可是不对呀，以前可没有这么难闻的气味。算起来，冬冬到我家差两天就三个月了，再一查，冬冬出生于7月28日，有六个多月大了。莫非进入了青春期？

　　老铁把拖鞋拿去冲洗，可是那个味道怎么都冲不掉。我走近猫笼查看，倒是一点异味都没有。我抱起冬冬，它乖乖地靠着我，似乎有万般委屈：你们这是去哪里了？怎么把我一只猫扔在家里？你们也太不够意思了！我摸摸它的头，它靠得更紧了。我又摸摸它的下巴，轻轻地撸，这是冬冬最喜欢的方式，随着我动作的放慢，它轻轻闭上眼睛，一副非常享受的模样。

　　那边老铁总也冲不掉气味，有点恼火，走过来对着冬冬喊："看你在家干的好事！"说着就要从我手中接过冬冬。

　　冬冬好像听懂了老铁的话，刺溜一下从我的手上蹿出去，根本不让老铁碰着。老铁要跟过去，冬冬跑得更快了。转眼就蹿上了阳台，它以为老铁要抓它，就躲到花盆那里。那盆金橘边上，还有一盆新买的碰碰香，盆土很疏松。躲在那里的冬冬很好奇，就用爪子不停地翻花盆中的土，洒了一地。这也是一个新情况。以前冬冬在家中玩，奔过来奔过去，从不碰花盆，更不会用爪子刨土。老铁正要走过来，哪知冬冬竟然在土上小便起来，难闻的气味又出来了。这下我也急了。咋办？老铁给朋友打电话，如此这般一说，朋友听了，哈哈大笑，告诉我们冬冬进入青春期了，要我们带冬冬去做手术。这个好办。可是，眼前怎么办？朋友说也遇到过这种情况，当时好像是用含酶的洗衣粉才清洗干净的。

立刻行动。翻了一遍家里的洗衣液和各种清洗剂，都不含酶。马上跑到苏果便利店买了一袋含酶的洗衣粉。先用报纸吸干污渍，再直接把洗衣粉倒上去，尿渍完全被覆盖。静置了十分钟后，用簸箕收起混着洗衣粉的土，再用一块干布擦净。拖鞋上也是同样一番操作，把洗衣粉倒在沾到尿液的拖鞋上，静置后擦干。老铁不放心，又用刮子反复刮了几刮，一番折腾后，拖鞋干净了，地板干净了，异味消除了。

犯了错误的冬冬这时躲到猫窝里了。老铁让我把猫食盆和水盆都拿走，按照朋友的建议，先给冬冬断粮断水，再抱出去做个手术，终结冬冬的青春期。眼看着不到一岁的冬冬，即将遭此一刀，心中很是不舍。可是，不舍又如何？

人啊！你的名字叫残忍。

长寿的钥匙

变老，是每个人都无法回避的问题，变老之后怎么办？容颜老去，其实是最不重要的，一点都不影响人的吃喝拉撒睡。最难面对的还是健康问题，生病了怎么办？行动不便了怎么办？

昨天写了《未雨绸缪》，"简友"箪瓢君留言说："我想我们这代人的养老问题不是依靠家庭就可以解决的，养老产业必须跟上，也一定会跟上。"

我答："这是一个社会问题，而我，不想把自己推给社会。"

君君回答说："我倒不是想把自己推向社会，只是比较愿意接受新型的养老模式。这样不仅可以减轻年轻人的压力，还可以给社会创造更多的就业岗位，老人也能得到更好的照顾，挺好的。我曾经想象，一定年纪的老人将来身上可佩戴一种设备，可以读取老人的身体健康数据，一旦出问题了设备就会向监控中心发出信号，第一时间有工作人员上门救护，老人有什么需求，也可以直接语音呼唤社区相关工作人员，有人直接上门服务……维护这样一个系统，需要很多工作人员，也需要政策和技术的支持。哈哈，我愿意加入那样一个系统。"

这的确是一个美好的愿景，箪瓢君的善良与无私，由此可见一斑。

我相信，有同样想法的不止君君一人。而且，也许有人就在默默努力，致力于这种设备的研发。它可能就是血压仪、血糖仪和二十四小时心电图、脑电图的复合体，像一块苹果手表一样，往每个老人手腕上一戴。一旦数据濒临临界点时，自会有人（甚至可以是机器人）来到老人身边，救老人于危险之中。

这样，脑梗、心肌梗死的发病概率会大大下降，老年人的健康指数会大大提高。有了健康的身体，精神生活才有物质基础。否则，只能是无源之水、无本之木，一切皆空谈。

这些年，我观察了老人离世的原因，大致可以分为以下几个方面：一是生病，二是自然老去，三是意外。

生病的，一般是指癌症之类的不治之症。意外的，指各种天灾、车祸、溺水之类的飞来横祸。

这两种，不在今天的讨论范畴之内。

我想要说的是第二种自然老去的。

一个人没病没灾，身体脏器功能也会老化、失灵。其中，肝脏从七十岁开始老化。肝脏好像是人体内唯一能挑战老化进程的器官。据说，肝细胞的再生能力非常强大。如果切除了一小块肝后，一段时间后它就会再长成一个完整的肝。假如一个人不饮酒、不吸毒，也没有患过传染病，那么一位七十岁老年人的肝，也可以移植给一个年轻人。

衰老客观存在，抗老也有方法可循。那就是保持年轻的心态，以健康、规律的生活习惯，减缓衰老的速度，与此同时，也要多多体谅和照顾身边上了岁数的人。

自然老去的老人中，我发现两种情况特别多，一是跌了跟头，摔坏了腿，腿不能动弹了，躺在床上。无论多么精心地照料，终究会因为自身不能运动，各种机能慢慢减退，衰弱，直至故去。二是受了寒凉的。每年冬天，一场寒潮过后，总会带走一些老人。

很自然想起《伤寒杂病论》，这两种情况，其实，就是伤和寒，古人的洞察与智慧，令人敬佩得五体投地。那么，对于走在变老之路上的每一个人而言，培养腿力，避免跌倒以及注意冷暖，适时添加衣衫就显得格外重要。

我常常与父母探讨走稳路和不受凉这两件事。父亲特别赞同，不仅赞同，他还是自觉自律的践行者。

八十六岁的父亲每天早起，先到楼下散步半小时，活动活动筋骨，呼吸呼吸新鲜空气。八十五岁的母亲也早早起来，先把家里各个房间都打扫一遍，然后，和散步回来的父亲一起，吃一顿丰盛的早餐。

饭后，母亲去小区门口的超市买菜，父亲则开始练毛笔字。父亲喜欢颜真卿的大气敦厚，每天三张毛边纸，工工整整，一丝不苟。买菜回来的母亲，则静悄悄地在一旁择菜，待母亲择完菜洗好，父亲的日课也结束了。

这时，母亲便为父亲泡上一壶茶，一般是他喜欢的龙井或者碧螺春，父亲一边喝茶，一边听母亲讲述超市见闻。二开茶喝完，父亲还会在阳台沙发上小憩半小时。醒来后，父亲淘米，倒进电饭锅煮饭，母亲烧菜。一般一荤二素，再加上一个爽口的汤。吃完中饭还不到12点钟，母亲收拾碗筷，父亲就在家里房间里转转消食。然后，便是午睡。

下午2点钟醒来后，父亲会拿起放大镜读报，母亲则会到楼下转转，与邻居奶奶聊会儿天，或者到附近的户外菜场溜达，有中意的，拎两件回来。下午的时光就这样不紧不慢地过去。傍晚时洗澡。6点不到，就是晚饭时间。晚饭很简单，往往是中午的某两样菜，一式两份，留到晚上，微波炉一转。一人一小碗粥，两个菜，慢慢地吃完。7点钟，是看电视时间。新闻联播和天气预报必看。央视一套或者八套有好看的电视剧，挑一个看了，他们忠实地追剧，并且这就是下次与我们见面时的谈资之一。从表演到剧情，都在讨论之列。在两集休息的空隙，两人各来一杯高钙牛奶，正常喝惯了蒙牛，偶尔也换成雀巢。第二集电视剧看完，不到九点半，上床休息。

如此周而复始，非常规律。从去年开始，晚上的宴席父母便不再参加，中午的聚会则由弟弟或者我，开车接送，确保安全。

看到耄耋之年的父亲母亲，身体健康，偶尔还管管我和弟弟，我们都乐意顺从。从父亲母亲身上，我看到了自律对于健康的意义。在变老的路上，健康的钥匙始终握在自己手里，你善待身体，它就回报你以健康；你知足常乐，它就回报你以长寿，让你阅尽美好，惊喜连连。

此间乐，不思归

大丰港动物园，位于盐城南黄海湿地。规模上，它主打一个"大"字；品种上，它就是一个"多"字；谈观赏体会，它就是一个"趣"字。

你看那动物园，坐落于日月湖西侧，东有高耸的大拇指楼，西边是一马平川，一顺到底的海边大道。它占地面积五百亩，相当于四十七个标准化足球场那么大。此园有三百多种、六千余只动物。欲知明星动物有哪些，请听我慢慢道来。

一、洁癖公主与吃货小哥

镇园之宝是两头大熊猫，一头叫云儿，另一头叫震生。

一开始我"望名生义"，先入为主，以为震生是男生，云儿是女生，嘿嘿，完美答错。

这是两头来自四川的熊猫。震生毛发黑白分明，圆润光亮，白色的部分尤其光洁。震生不吃饭的时候，喜欢在木梯上走来走去。木梯是它的闲庭，慢吞吞走，不紧不慢，不疾不徐，胜似闲庭信步。听管理人员讲，震生非常爱干净，很喜欢饲养员提供的泡泡浴，躺在水里，特别惬意，是动物园里美丽的"洁癖公主"。

五月的阳光有点耀眼，"洁癖公主"震生散完步，摇摇摆摆朝室内走去，去享受室内舒服的空调了。

在小径的另一侧，云儿正在津津有味地吃着竹子。游客的围观一点都没有影响它的食欲，埋头苦吃，偶尔抬起头，瞟你一眼，继续吃。称它"吃货小哥"，一点都不冤枉。

它也有需要休息的时候，只见它丢下手中的竹子，就地打了几个滚儿。一时身上沾满泥巴，与"洁癖公主"完全相反。这其实也有个说法：吃得多，毛发上的油脂就多，滚上泥巴，可以吸收一下油脂，毛发会清爽一些。

二、与长颈鹿亲密接触

这头长颈鹿真高，脖颈远远超出围栏，静静地看着外面的世界。跨上围栏前的台阶，就可以与长颈鹿零距离接触了。伸出手，轻轻抚摸它的头，它乖巧地把头靠得更近，棕色的大眼睛忽闪忽闪的，待你的手缩回去，它把头靠你更近了。

一个高高瘦瘦的游客凑到它跟前，大概是他的大长腿让长颈鹿产生了错觉，以为遇到了同类。长颈鹿一个劲地在他身上蹭来蹭去，非常亲昵。其他游客也走近长颈鹿，想有这样的互动。可是没有大长腿，长颈鹿再也不抛来橄榄枝了。

三、小浣熊与老虎狮子

在浣熊区，一只只小浣熊见到游人非常兴奋，纷纷沿着水泥墙面往上爬，似与游人互动。见到浣熊如此热情，游人有点过意不去，总想从口袋里掏出点零食递过去，再看看旁边"请勿投喂"的提示，只好放弃。

不远处就是老虎区，先看到两只孟加拉虎，通体白色的虎纹，威武又神气。有人说起了《水浒传》里林冲闯入的白虎堂，也有人向白虎挥手致意。两只白虎躺在不同的墙角，一动也不动，仿佛游人根本不存在。再往前，是东北虎，除了毛色是黄色虎纹，它们也对游人视而不见，毫不理睬。

狮子区紧邻其次。雄狮在哪里打盹，母狮子在梳理毛发，都对游人的到来无动于衷。游客们"辛巴""刀巴"地呼唤着，它们也充耳不闻，傲慢得很。

四、臭你没商量

羊驼区在一个草坡，蓝天白云，草色青青。远处更有风车在转动。

这是园中的一个网红打卡地。羊驼三三两两在坡上停留，有棕色的，还有白色的。其中一只还没过一周的羊驼，正在羊驼妈妈怀里，拼命地吮吸。饲养员提醒，不要轻易去触碰羊驼，否则它就可能朝你吐口水，那个味道，臭得很。原先想亲近羊驼的人，只好放弃初衷，很担心自己"吃不上羊驼肉，反而惹了一身臭"。

五、仰天长鸣与深情表白

人还没有到灵长类展区，耳边就传来清越响亮的鸣叫，划过长空。导游说，那是长臂猿在叫。

这两只川地长臂猿跋山涉水，来到这太平洋西岸的南黄海湿地，是不是也有数不尽的乡愁，一声声鸣叫，是在发思乡之幽情？"巴东三峡巫峡长，猿鸣三声泪沾裳"，这黄海之滨的猿啼声里，少了哀怨，多了安适。待我们走近时，那长臂猿不叫了，在木架间腾空悠荡，迅速而敏捷，仿佛在说："此间乐，不思蜀。"

穿过香猪乐园，两只青春期的小香猪正在卿卿我我，游人边笑边呵斥它们不知羞。

孔雀园里的孔雀也在鸣叫，没有猿啼声那么高越，但也响亮，"啊——喔""啊——喔"此起彼伏。四五月间，这也是它们求偶的方式之一。蓝孔雀羽毛华美，即使不开屏，你也能感受到它耀眼的美丽。白孔雀通体洁白，羽翼如锦缎，熠熠发光。它就凭栏站着，自有一种静女其姝的美。

一只年长的雄孔雀追着一只雌孔雀在开屏，雌孔雀走到哪里，它就跟到哪里。奈何它的尾巴有点秃了，开着的孔雀屏也参差不齐，不仅不美，反而老得尴尬。那雌孔雀直接无视，白瞎了雄孔雀的深情表白。

六、不会飞的鸟——鸵鸟和鸸鹋

在食草动物区，还有两种不会飞的鸟——鸵鸟和鸸鹋。鸵鸟是地球上最大的鸟，最高的鸵鸟有两米多高，它可以在沙漠中生存，行走如飞，是地球上跑得最快的鸟类之一。它的全名其实是非洲鸵鸟。有位文友初次到大丰港动物园，行至鸵鸟区，有只鸵鸟紧紧跟着他，亦步亦趋，随行了好久，也不离开。高大的鸵鸟与他仿若两个老友，小径漫步，心照不宣，人鸟俱安。

不远处的鸸鹋又叫澳洲鸵鸟。它的体形比非洲鸵鸟略小，也有一米五到一米八五之间。这两种鸟类中的庞然大物，生而为鸟，却都不会飞。鸸鹋喜欢生活在绿草青青处，看见游人走来，它一点也不回避。游人想与它合照，它也友好配合。这样的适应能力，大概就是它的生存之本吧。

七、东方白鹳和亚洲象

再往前，是东方白鹳园。与貌不惊人的鸵鸟和鸸鹋相比，东方白鹳就像是玉树临风的剑客骑士。它白首白身，黑色的喙，鲜红的长脚，展翅高飞时，黑色的羽翼上下翻飞，时而鼓翼飞翔，时而盘旋滑翔，姿态轻盈优美。它在全世界总数不足一万，有"鸟中大熊猫"之称，特别珍贵。

当游人靠近围栏时，东方白鹳发出"嗒嗒嗒"的叫声，好像发出"别过来、别过来"的警戒。游人们友善地哄笑着离开了，东方白鹳发现虚惊一场，又低低地叫了一声，凌空飞去。

亚洲象有个特别的名字——"高翁"。高翁，不就是高老头嘛，这一回我没有主观臆断，猜想，这庞然大物莫非是个女生？再看下去，果然是一位女生！正好饲养员过来送青草。高翁凑到围栏前，卷起草，悠悠地吃着。有人在叫："转过头来！转过头来！"高翁果然转了一下头，算作回应，游人们满意地为它喝彩。

那么大的五百亩的园子，一个上午下来，也只能算是走马观花。可爱的土拨鼠，机灵的狐尾猴，其色如燃的火烈鸟，一生一世一双鸟的双角犀鸟，蹦蹦跳跳的袋鼠、爱吃自己便便的水豚，憨态可掬的棕熊……随便一种，总让人驻足停留，忍不住与它们嬉戏互动。天地万物，皆有其美。来时，兴致勃勃，归去，依依不舍，此园，已长留心间。

妈妈手

今天看群中的网文作家聊天，惊掉了我的下巴。

他们每天日更，四千字起步，最多的一个，今天上午先码了两万字，下午又码了两万字。就这样，今天已经码完了四万字。我这才明白为啥上午他们各种晒键盘，得是怎样的键盘才经得住每天这样的码字？换了我，别说一天创作四万字，单单打四万字，也是一个极限挑战。不过换作我的话，我也不用键盘，而用语音输入。可是问题来了，仅仅只是预先有一个两三千字的提纲，何以就能写出数百万字的长篇？不用构思吗？边构思边码字是一种什么体验？而且一天居然码四万字！"敬佩"二字已经不足以表达我的心情，是"膜拜"！

谈网文日更，首推还要唐家三少，从下岗宅男到网文首富，他曾经创造过五千多天从不停更的纪录！他说，"我要让我的读者每天都看到我。在很多读者心中，我就像早上起床后的那杯水，喝不到就别扭"。

"三少不是最有才华的，也不是写得最好的，但确实是最勤奋的，如同娱乐圈的华仔。"五千天从不停更，几乎很少有作家能够做到这一点。而唐家三少为了写作不停更，他对自己的生活近乎苛刻，常人难以想象。新婚当天送完婚宴客人，待妻子休息后，他还在写《生肖守护神》需更新的篇章；妻子待产那天，他继续更新着《斗罗大陆》；自己生日当天发高烧，依然坚持更新《天珠变》。这正印证了那句"天才是百分之九十九的勤奋，加百分之一的天赋"。

他与妻子李默的爱情故事令人感动，三少唯一的一次断更原因更是令人心痛：木子李不在了！这唯一的一次断更令这个爱情故事更加凄美动人。仅仅一天之后，三少又继续了他的日更长征，也许，只有在日更里，他才能找到妻子依然存在的感觉。

群里网文作者在交流日更体会的同时，又说到了一个话题：腱鞘炎。其实就是使用键盘时间太长导致腱鞘这个地方发炎了，是肌腱与腱鞘之间相互摩擦过度引起的急性炎症或慢性炎症水肿，又叫"妈妈手""手机手""键盘手"。

他们彼此调侃，不承认是码字所致，笑称打游戏打的。勤奋如此，还不承认自己勤奋，更加令人敬佩。

大概也有很多群友与我一样，心生敬佩，有人更心生恐惧，说吓得不敢说话了。也有一位群友说，写得多不如写得精，像唐诗，有人仅凭寥寥数十字就名传千古。我只能在心底发出冷笑，君不见，那数十字的背后，是数十年的积累！贾岛的四句诗突然就跳到眼前："两句三年得，一吟双泪流。知音如不赏，归卧故山秋。"

老先生说："这两句诗我构思多年才得来，一读起来禁不住两行热泪流出来。好朋友如果不欣赏这两句诗，我将隐迹故里，以度残年，再不作诗了。"

你看，作诗之艰难，佳句之难得，与网文日更的辛苦，是不是异曲同工？

野鹿荡的早晨

比野鹿荡醒得更早的，是鸟。

在"唧唧""啾啾"的鸟鸣声中，我睁开双眼。住在野鹿荡九船渡的鹊桥舰上，弯弯的舰身临水而居。掀开窗帘，绯红微紫的晨曦笼罩着水面，雾气氤氲。

我听得见鸟的叫声，看不见它的身影，这是乌鸫在鸣叫，春分啦，它唱出清亮宛转的歌，呼朋引伴，谋划它的成家大业。

下船，拾级而上，晨曦照在密密的竹林上，漏出几线光。刚才鸣叫的乌鸫从竹林上掠过，向远处飞去。两只早起的麻雀在觅食，我的出现没有影响到它们，其中一只似乎看了我一眼，继续吃虫子去了。

晨光中的紫色越来越淡，绯红与橙黄交杂，天色由灰变成灰蓝，"古长江北入海口"标志的古船桅杆上有一个喜鹊窝，此刻也在晨光中静默——野鹿荡随处可见喜鹊窝，桅杆上的这个，应该是最高的了。

从古船下的长门出来，满目金黄，万丈霞光中，潮间带的虎斑水波光粼粼，碎金闪烁。远处有六只麋鹿在霞光中静立，原本褐色的皮毛此刻染成金色。柳枝低垂，昨天还是隐约绿色的烟柳，一夜之间，柳芽全出来了。海鸥在低回鸣叫，有四只苍鹭排成队向北飞去。

在古道的左侧，有一大群麋鹿在小河的对岸嬉戏。其中一只小麋鹿想涉水过河，面向水源方向走了几步，回头看看，没有同伴跟上来，又悄悄走回队伍中了。

这群麋鹿发现了我，隔着一条河，我走，它们也走，当我在河岸这边超过它们时，它们突然不走了。一看，原来是两只公麋鹿打架了，它们直起身子，支棱起鹿角，头与头靠在一起比拼。

这下有好戏看啦！我隔着河，驻足观看。不晓得什么缘故，两只鹿又分开了，随着鹿群继续向前。

麋鹿仿佛在跟我逗趣。我往前走，鹿群就停下，等我停下不走盯着它们看时，它们又三三两两地向前。接着，鹿群干脆就停在那里了。先前那只涉水的小麋鹿，此刻又走到鹿群边上，一条腿已经碰到河水。一头母麋鹿走过来用头轻轻蹭它，小鹿就温顺地离开水边，向大部队走去。这时，整个鹿群都在小土坡上停下来，或立或卧，好像在等着领头鹿发号施令。领头鹿没啥反应，鹿群就停在了土坡上。

耳边传来海鸥的叫声，一只海鸥飞过来，从鹿群附近的水面上掠过，叫了几声，又飞走了。

沿着古道向前，柳条低垂，随风轻拂。太阳升高了，照在水面上，照在远处一百多只白琵鹭身上，偶尔几只白琵鹭飞起，在浅蓝的天空留下几个弧圈，又回到水面上了。先前看到的六只麋鹿依然在水中静默。这时，一只喜鹊衔着一根树枝，向一个喜鹊窝飞去，它将树枝安插在窝上，满意地叫了两声，又飞向别处去了。

古道的尽头，还是虎斑水，原路返回。

那三十多头麋鹿已离开小土坡，奋力向前跑去，领头鹿跑在最前面，几只公鹿紧随其后，母鹿护着小鹿，一步都没落下。

它们跨过小河，穿过古道，跑进路南的河里，古道上留下了一道道湿漉漉的鹿蹄印。鹿群，在晨光中跑得更快，到了虎斑水中间的土坡上，突然不走了，就地享受起无边春光了。

码头上，肖老大正低头理着渔网，理好渔网，他就要开始一天的捕鱼啦。

此心安处是原乡

"蛙鸣池水满，细草生阶间。"细雨霏霏、小满将满。初夏的雨，有点温润，有点清凉。从市中心驱车，不到一刻钟，我们便到了国家级生态村恒北村的蓝城春风原乡温泉生活小镇。

多年前，我看过一部电影《原乡人》，秦汉饰演的男主人公儒雅俊朗、林凤娇饰演的女主人公美丽温柔，原乡风景如画。片中的主题曲由邓丽君演唱，那旋律，"如听仙乐耳暂明"。原乡，成了我心中的一个梦，那是我心中的桃花源。

对于恒北，我并不陌生。

春天的梨花节好像就在昨天。春风吹过，恒北村的千亩梨花次第绽放，千朵万朵，其清如雪，其香沁人心脾。夏天蛙鸣阵阵，我会带爸妈到迁居此地的表弟家的联排别墅做客，吃几口早酥梨，喝一杯弟媳泡制的桑葚酒。到了秋天，和三两友人一起，钻进柿子林，摘几筐柿子，做一做柿饼，再用一根长长的麻线，把一只只红通通的柿饼串起来，挂在窗下，为过冬作准备。至于冬天，在恒北围炉小酌，是泡过温泉之后的必然节目。恒北，原生态的自然环境放松我们的身心，抚慰我们的心灵，疗愈我们的精神，在这里，我们可以完完全全与大自然融为一体。

恒北的美，远远不止这些，这里，有深厚的文化底蕴，有浓郁的文化氛围。孩子们可以到这里研学，探究星星乐园的奥秘，忙碌的上班族周末可以到这里泡一泡温泉，欣赏麦秸画的质朴曼妙，悠闲的退休一族可以到书院坐一坐，领略当地独树一帜的文化。

正遐思间，我们已经到了春风原乡。

下得车来，春风原乡就在我的眼前。一座座中式温泉四合院静静地立在那里，白墙黛瓦，飞檐翘角。跨过石阶，经过曲曲折折的回廊，穿过汀步，我们来到了温馨雅致的沙龙中心。

短暂的开幕致辞之后，冯晓晴主席与吴总一起为大丰区作家协会春风原乡创作基地揭牌。

接着，我们就开始参观春风原乡。

雨不大，但比刚才更密了，蒙蒙细雨为这粉墙黛瓦打上了背景乐。走进四合院，不去看那屋子，光是院子里的林林总总就让人目不暇接。每院都有温泉，水汽氤氲，地上的泉与天上的雨融为一体，滋润着原乡的子民。温泉边上，右边有亭，北边有廊。亭下有桌，桌边有几，晴耕雨读，得闲饮茶，给忙碌的人一方心灵的栖息地。慢一些，再慢一些，等一等忙碌的心。采风的人走走停停，或端详字画，或凝视材质，或讨论布局，或咨询造价，被眼前的一切吸引。

采风团中有一对博学儒雅的夫妇，此刻，先生安坐于书案前，温婉的太太手握茶盏，身子前倾，为先生续水。眼前的画面，让人想起了举案齐眉，又想起了红袖添香，他们的身后，正挂着一幅《上善若水》的书法匾额，人与字相得益彰，说不出的和谐妥帖。坐在那里的先生如沐春风，看到妻子心生暖意，此心安处是原乡。

同行的素萍姐姐被菜田吸引，拉着我一起去看菜园子。原来，每个院子都配备了一小块开心农场，场圃之上，有果蔬种植其间。每个院子里，还有一口井，就是李子柒汲水的那种，看到那井，那句"沧浪之水清兮，可以濯我缨；沧浪之水浊兮，可以濯我足"就自自然然跳了出来，令人不愿离去。

春风原乡，有良田美池桑竹之属。田是肥沃的小菜田，池是汩汩流淌的温泉，桑叶碧绿，修竹依依，原乡将都市田园淡雅隐逸的生活美学传承下来。日子的丰盈，生活的意趣，身体的归隐，精神的繁华集中于此，穿行其间，随处可将志趣情怀落到实处：品茗酌酒、候月莳花、寻幽抚琴。一芯一巷隐幽深，一院一宅藏乾坤。这里，将每个人心中的田园梦，将每个人心中的小院情结——具象化。

文友贝儿不等游览结束，就打电话让先生过来，迫不及待选房型，她要把自己的诗和远方落到实处。

大家被她的情绪感染到了。感叹有了这个创作基地后，可以常来走走、看看、聚聚。身在都市，梦归原乡。以后，可以在春风原乡找到更多春的温情和暖意。

我欲张开一双翅膀，背驮着一个希望，飞过陌生的城池，去到我向往的地方——蓝城春风原乡，在旷野中嗅芬芳；从泥土里汲取营养。在这里，我愿长醉不复醒。

想念就要相见

　　起初是阿炜开的头，她三天两头就在同学群里倡议来一次聚会，也有附和的，但是不多。于是，阿炜就由大倡导变成小嘀咕，她问我："如果聚会你希望在哪里？"我说："放在以前没有聚会过的地方。"她又问："具体你希望在什么时候、什么地方？"答曰："秋季，南京或者扬州。""秋季好，南京喧闹，放扬州吧！离得都不远！"于是，阿炜又在群里喊话："在扬州聚会有响应的吗？"结果，除了扬州籍的同学很热心回应，其他还是应者寥寥。这让阿炜有点失望、有点不解："聚个会咋就这么难呢？"我劝她："不如来个小范围的呢？把当年谈得来的同学组织起来聚聚即可，毕竟当年同学时没有多少话说，现在想必话更少，既然如此，何必强求全体同学相聚呢？"她赞同。我俩私下里嘀咕还没有结束。一日下午，我和阿炜先后接到隐者电话："老萌老师想到我这里来，不如我们就趁机聚聚吧？""好的好的！本周末如何？""择日不如撞日，当然好！而且还可以完美避过双节，专心致志地聚！"可是，计划不如变化快。不到一小时，隐者就拉了一个九人群，他发了通告："各位同学好！经与老萌老师商量，拟定于10月4日至5日小聚。刚刚说的本周末的时间因老萌老师要安排小萌与我们见面，而小萌只有国庆才有空，请见谅！万望各位届时拨冗光临，万福万福！"

　　一致同意。

　　我的心里有点忐忑：我不能确定自己能否成行，毕竟双节家人要团聚，原先约好的活动要参加，4号、5号会空出时间来吗？老铁见我犹豫，提醒道："难得大家兴致这么高，你先不忙回，说不定到时就腾出时间来了。"我这边正心中嘀咕，群里早就热闹开了，同学们都在@阿炜，要她把自己的保留节目拿出来，诗人干脆把歌词发到群里，直接点歌，阿炜连连回答："可以可以，这个完全可以有！"未成曲调已有情，还未相见，氛围就出来了。果然，怀念就要相见。歌词实录如下：

云河呀云河，云河里有个我，随风飘过，从没有找到真正的我！一片片白茫茫遥远的云河，像雾般朦胧地掩住了我，我要随着微风飘出云河，勇敢地走出那空虚寂寞！

有时候，想念一首歌，其实就是想念一个人，想念和她在一起的时光，而日子，因为这样的想念，变得津津有味。

阿炜的倡议，响应最积极的还有灯灯。提起她，就不得不说说我们三个人之间的相处。如果非要用一个词概括我们的共同点，那就是长期主义。

从进入大学第一天开始，我和灯灯就是同桌。其实我们的学号并没有连在一起，可是互相并不认识的我们就坐到了一起。而且，这一坐，就坐到了毕业。她是我们班年龄最小的一个，却又是我们班女生中个子最高的那一个。她喜欢烫满头的卷发，喜欢穿马卡龙色系的衣服，她的皮肤特别白，特别细腻，给人洋娃娃的感觉。

上大课的时候，我们也坐在一起。她听课很专注，笔记也记得认真。下了课，回到宿舍，她就变成另外一个人，笑话特别多，而且她说笑话时自己不笑，等到一宿舍的人全笑了，她也憋不住笑出来，笑得眼睛眯成了一道缝，笑得满头的卷发跟着一起颤动，没有人不喜欢这个爱说笑话的洋娃娃。

上课的时间她都与我一起，下课后，她与阿炜在一起的时间多。她们一起上食堂，一起打开水，持续到毕业。

周末的时候，我们一起玩。阿炜爱唱歌，爱跳舞，爱弹吉他。有阿炜在的地方，就有歌声。灯灯不说笑话的时候，非常安静。

有段时间，她们喜欢上同一个班级的两个男生。周末的时候，一群人到灯灯家里玩。灯灯的妈妈把阿炜的男朋友当成灯灯的了，对他特别热情。后来，灯灯的这段感情无疾而终，阿炜则顺利步入婚姻殿堂。

灯灯工作后遇到白马王子，王子事业有成，特别尊重灯灯。聚会那天，灯灯有课，10点钟下课，老公已经等在校门口，接灯灯参加聚会。当天晚餐结束时，已经9点多钟，灯灯的老公又开车来接，大家一致请求他们留下，可是，灯灯不肯。原因很简单，快月考了，灯灯第二天有早读课。她担心，聚会的酒店离学校太远，早读课会迟到。看灯灯那么坚决，大家不再坚持，都被她的初心折服。

都说女生的友谊经不起时间的考验，可是，这么多年过去了，我们三个人聚在一起，依然像当初在学校里的样子，无话不谈。而且，最神奇的是，细细回忆起来，我们之间没有丝毫芥蒂，哪怕是细小的误会也没有。也许是因为我们没有爱上同一个人，所以经受住了情感的考验；也许是因为我们不需要争取同一个机会，没有名利上的牵扯。又或者是因为我们在相处的过程中，没有攀比，没有较劲，彼此都享受相处时的愉悦和轻松。我不知道，我找不到答案，也无须去找答案，我只需要享受这无价的相遇与懂得。

第 **2** 辑

书卷多情似故人

　　书如老友，一卷在手，灯下安坐，对书成三人。几页读下去，口中生香，于是荡胸生层云，所有的烦恼疑惑都扶摇九万里，直上云霄，消失不见了。

———————————

美丽宝妈

　　昨天，我和往常一样去看爸妈，陪爸妈聊聊天，不知不觉聊了一两个小时。从爸妈家回来时，已经8点多钟。

　　车子开进地下车库，快到车位时，远远地看见一个人蹲在路上，不停地往地上铺着什么。临近一看，是个时尚的女子，身着一件米色羊绒大衣，长长的波浪卷发，随着动作上下摆动，柔美动人。她手里拿着的是一叠方形卫生纸，正仔细地把这些卫生纸盖在地上，一层又一层。

　　等我下车关上车门，还没走到她的近前，一阵刺鼻的酒臭味扑面而来，令人作呕，熏得人睁不开眼睛。她往地上放的一沓一沓的卫生纸，正是在遮盖这些呕吐物。我明白了：她和老公外出就餐，老公喝多了，还没来得及到家，就呕吐了，旁边宝马车的车门边上，也有星星点点的呕吐物。我这人喉咙浅，如果不是戴着口罩，我几乎也要作呕了。

　　她专注地往上面加卫生纸，一包卫生纸所剩无几。一个美丽的包包斜挎在她的身后，每放一回纸，她就把包包往后移一下，生怕包包沾到污秽。我想帮她做点什么，她的头垂着，长卷发遮住了她的半张脸，跟她的背影一样动人。尽管戴着口罩，那露出来的部分，让人想起一个词：肌肤胜雪。低垂的眼眸正好可以看到她长长的睫毛。她不讲话，一来可以把纸铺得更均匀一些，二来这样的专注多少可以遮住一些尴尬。

　　这时，跑来一个小男孩，手上拿着一个塑料的簸箕和一把扫帚。小男孩一边跑一边喊："妈妈妈妈，我把爸爸扶到电梯口，妹妹在那里呢。"

果然。美丽的宝妈点点头，说了声："儿子真棒！"一边说一边接过孩子手中的扫帚、簸箕，仔细地扫起来。

我悄悄离开，不想惊扰到这对母子。再回头看时，宝妈还在认真地扫地，小男孩正兴高采烈地跟妈妈说着什么，许是今天学校发生的事情，许是他正在看的绘本，或者什么也不是，就想跟妈妈聊天。

到电梯口时，我看到了一个醉醺醺的男子，正站在墙边，他努力地想站正站直，但终于还是歪歪扭扭地倚靠在墙上。他的边上，是一个可爱的小女孩，四五岁的样子。她正仰起头，靠在爸爸的边上，拉着爸爸的衣襟，"爸爸，爸爸"地叫着。那男子也想回应女儿，可是喝得太多，他的嘴巴动了动，想要摸女儿的手，举在空中。

这时，远处传来了脚步声，打扫好的母子正朝电梯方向走来。

我心里默默祈祷：拜托这位哥们儿下次别再喝这么多了，这么美丽的妻子，这么可爱的儿女，他们需要你的呵护。

由始至终，我没有听到宝妈的半句苛责，半句抱怨。反正有保洁员，她也可以学某些人一样，置呕吐物不顾，扬长而去。可是她没有。她的孩子因为她，没有被醉醺醺的爸爸吓到，没有狼狈地离开，而是和妈妈一起，做了坚强的保护者。

这真是一个美丽的女子，一个美丽的妈妈。

圆圆和爸爸

开学考了两次数学了，圆圆都是满分。圆圆将试卷带回家给爸爸看："爸爸，爸爸，我又考了一百分。"圆圆很开心，爸爸也很开心。

爸爸发觉，圆圆第二次考了满分之后，有点翘尾巴了，作业做得飞快，爸爸让她检查一下，圆圆极不情愿："不会错的，我不会做错的。"圆圆的头扬得高高的，充满自信。

爸爸看在眼里，轻轻地对圆圆说："不能骄傲哦！"圆圆不在乎地说："为啥不能骄傲？"

爸爸说："可以自豪，但不能骄傲，骄傲就会自满，自满就会倒退。"圆圆好像没有什么反应。

停了片刻，爸爸看到圆圆还是没有回头检查，就问："你的同桌方方，这两回考了多少分？"

圆圆一听爸爸这么问，又笑起来了："两次都没有得满分，班上只有我和文文两次满分。"

"那上学期呢？"

"上学期方方经常得满分，我一回都没有。他每回都把卷子拿到我面前显摆。""那文文呢？"爸爸又问。

"文文上学期一百，这学期还是一百。"

听到圆圆这样说，爸爸就说："如果你不认真检查，下回就像方方一样，得不到满分了。"

刚才笑嘻嘻的圆圆听到爸爸这么说，立刻收起了嬉皮笑脸，乖乖地坐到书桌前，开始检查自己的作业了。

第二天，爸爸去接圆圆放学，圆圆坐在车里，指着路边婴儿车里的小宝宝说："做小宝宝真开心呀！做小宝宝太好了！"圆圆一连说了两遍。

圆圆问爸爸："爷爷家的小猫自己走路，小宝宝为什么不自己走路呢？"

爸爸听了，问圆圆："圆圆想一想，如果把小宝宝从车子里抱出来放到地上，小宝宝可以自己走吗？"

圆圆立刻说："不能，不可能。我上回去小姨家看到，小宝宝不会自己大小便，还穿纸尿裤呢。"

爸爸说："所以小宝宝不会自己走路，必须睡在婴儿车里。小宝宝和小猫不一样，小猫出生三周就可以自己走路了，小宝宝出生十个月以后才开始学走路，才慢慢会走路。"

说话间，爸爸和圆圆到了家。圆圆放好书包，洗好手，打开冰箱拿了一瓶酸奶开始喝。

爸爸问："爷爷家的小猫怎么吃东西呀？是自己打开冰箱拿吗？"

圆圆一边喝酸奶，一边笑爸爸："小猫怎么会自己打开冰箱来拿东西呢？它又不是圆圆。"

"圆圆不想自己拿酸奶时，怎么办呢？""请爸爸妈妈帮我拿呀！"

爸爸说："对呀，小宝宝虽然十个月以后才学走路，在一岁以后学会说话，但是小猫不会说话，大人给它什么，它就吃什么。小宝宝学会说话以后，会跟爸爸妈妈说自己想吃什么，跟爸爸妈妈要。小宝宝学会的话越多，就越知道跟爸爸妈妈要什么。"

圆圆停止喝酸奶的动作，恍然大悟道："所以小宝宝学得慢，但是学得多，小猫学得快，但是学得少。"

爸爸："圆圆说得好，小宝宝需要三年时间学会说话，学会走路，学会吃饭。""那圆圆也是一开始睡在婴儿车里面的吗？圆圆怎么不记得了？"

爸爸哈哈大笑："圆圆一开始也是，爸爸妈妈一开始也是，每个人都是。"圆圆点点头。

爸爸对圆圆说："所以你看爷爷奶奶对老爷爷老奶奶多好啊！因为爷爷奶奶就是老爷爷老奶奶这么带大的。爸爸就是爷爷奶奶这样带大的，妈妈就是外公外婆这样带大的。"

圆圆说："那我以后也这样对爸爸妈妈。"

寻找问题

今天书院来了三个学生：小学生、高中生、大学生各一个。

主讲老师讲课过程中，细心地添加了一个环节："请三个学生分别提一个问题，范围不限，内容不限，思考时间十分钟。"

我们饶有兴致地看着他们，期待他们提出的问题。

首先发言的是中学生。他自我介绍说自己是一名高一的学生，从初中起，英语就是他的短板，虽然找补习班补了，可是效果并不明显。中考由于英语拖了后腿，没能进入心仪已久的竞赛班。他问："对于短板怎么办？怎样在短期内提高英语成绩？"

主讲人微微一笑，把问题抛给了在座的资深名师C老师。C老师问他："什么原因导致短板的？跟任课老师沟通过吗？你愿意为提高英语成绩做什么努力？"中学生说："初一转学时进度不一样；老师是副校长，不敢去沟通；光担心发愁了，没有什么具体措施。"

C老师建议他主动找老师沟通，建立纠错本，养成复盘习惯，持之以恒，一个月后，定会有进步。

中学生听了，满意地点点头。

大学生发言了。他先是主动传授经验，告诉中学生别畏难，树立信心，每天坚持，肯定能学好英语。接着他话锋一转，问主讲人："如何看待黄仁宇的《万历十五年》？"这是一个热爱读书的大一学生，还喜欢思考。接着他又问："为什么会有不想误导的造神运动？"主讲人回答了他的第一个问题。

又让他把第二个问题再复述一遍。奇怪的是，问题是他自己提出来的，再复述却越说越乱。这时一个年近古稀的老先生语重心长地对他说："好的问题在表达上都是简洁明了，让人一听就懂的。你出现这种情况，是因为处在思考状态，还没有理清思路，有点以其昏昏使人昭昭了。"大学生心悦诚服地点点头。大家都对这位大学生宽广的知识面，善于思考、虚心求教的态度报以热烈的掌声。老实说，眼下这样沉下来读书的并不是大多数。

轮到小学生了。他先是起身上厕所，回来后就倚在陪他一起来的妈妈身上，不论妈妈和周围人怎么鼓励，他就是不作声，最后干脆要钻进桌子下面去了，逗得大家哈哈大笑。笑过之后，大家沉默了：是什么让这个孩子少了发现问题的冲动，少了表达问题的欲望？

C老师说了一句："因为他少了提问的习惯，少了发现问题的思维习惯。"

可爱的小朋友们，你发现问题的眼睛呢？你思考问题的大脑呢？你表达问题的热情呢？你天真好奇的童真呢？

这个提不出问题的小学生，他在校的成绩很好，却丢失了对大千世界的好奇心和探索欲，他发现不了问题，思考问题和解决问题也就无从谈起。

救救孩子。

孩子的难处

昨天，去明德书院听讲座，题目是"好妈妈胜过好老师"，主讲人是个1987年出生的宝妈，她现身说法，讲述自己如何通过读书，实现从虎妈到宝友，从焦虑到柔软的心路历程。讲座情真意切，代入感很强，动情处数度哽咽，听众无不为之动容。

爱孩子是父母的本能，如何爱孩子，既是学问，也是智慧。爱孩子就要信任孩子。

信任孩子而不是控制孩子，是给孩子充分的自由。自由是孩子成长的营养剂。好妈妈应给予孩子足够的自由空间，让孩子快乐成长。

让孩子感受到父母的爱，仅靠本能还不够，还要表达。巧妙地表达是一门技术活，需要讲究方式方法，好方法一定不痛苦。

比培养孩子更重要的是培养家长。一想到不经过培训就可以做父母，就让人胆战心惊。

家长就是孩子的榜样，日常的言行举止很容易影响孩子，很多时候我们不是在爱孩子，而是在爱自己，常常把自己的压力转嫁到孩子身上。

我们要赢得孩子，而不是压制孩子、打败孩子。与孩子相处，不可居高临下，而要蹲下身子，与孩子平等地交流。承认孩子想法合理，接受孩子行为的可取之处，积极解决与孩子之间的分歧非常重要。一味否定孩子不可取，一味迎合孩子更不可取。

家长要严于律己，而不能放任自己、严格要求孩子，那样既不能达到期望，还会引起孩子的逆反。

提倡有营养地陪伴。何谓有营养地陪伴？就是把自己和孩子当成两个独立的个体，让自己和孩子一起成长。

讲座引起共鸣。当下的情况，孩子的压力远远大于家长。

五年前，书院刚刚成立之时，邻区发生了五连跳的惨剧，至今谈起，依然令人触目惊心。

我们所处的时代，是一个由集体主义向个人主义倾斜的过渡时期。数十年前，计划生育政策的实施，让全社会的目光都落在了独生子女身上，整个社会开始向个人成长关注。家长难做，孩子难当，每个人的心里都有一个声音在回响："我太难了！"

大变化的时代，所有人都难，今天的父母难做，今天的孩子更难当。我们听说过不堪学习重负的孩子跳楼，却没有听说过不会教育子女的父母跳楼，孩子比家长难多了，承受的压力也多多了。

家长所在单位不好，可以选择辞职，可以不干，可以另谋生路。孩子呢？孩子们没有选择，也别无选择。

要改变的是父母，而不是孩子，要允许孩子试错，要包容孩子、引领孩子。前一阵子出现的胡某某同学自杀，错不全在孩子。孩子变成这样，他感到绝望，感到无路可走，感到生无所恋，最终走上绝路，教育者说不过去，家长说不过去，社会也说不过去。

爱没有绝对公平，每个孩子都需要更独特的爱，更多的耐心，更多的陪伴，更多的理解。每一对父母，每一个教师，要做的就是让孩子感受到，他们在父母心中，在老师心中永远都是独一无二、不可替代的。孩子们的存在的本身，就是有价值的。

让每一个孩子都感受到自身的存在，让他们对自己充满肯定，对明天充满希望，是社会的责任，是家长的责任，是每个教师的责任。

对孩子最好的爱

对孩子最好的爱，就是爱孩子的母亲。这一点，屡试不爽，颠扑不破。

书友陈老师做讲座，其名"父亲的成长"。

不听则已，一听，心生敬佩，心有戚戚。

陈老师先从自己的原生家庭讲起。他的母亲自出生就从未见过生父，他的父亲九岁没了母亲。两个从小没有享受父母之爱的人生活在一起，不懂怎么爱自己、爱孩子，加上彼时生活艰难，孩子多，父亲母亲都没有好脾气。他们常常会为生活中的一点小事磕磕绊绊，大吵大闹，大动干戈。家里的各种日常用品，都可能成为他们攻击对方的武器。每当这时候，幼小的陈老师就会特别害怕，战战兢兢，如履薄冰，如临深渊。他不敢大声说话，小心翼翼看着父母的脸色做事。讲到这里，陈老师一声叹息："唉，只要一听他们吵架，我就站在门口，恨不得把自己藏起来，感觉周围的每一个邻居、每一个同学都在笑自己。"这还不是最严重的。陈老师的父亲喜欢喝两口，每回喝了酒，就会打他的母亲。醉酒后父亲像个疯子，一下一下打母亲，小的时候他只知道害怕，不敢去制止父亲、保护母亲，只有躲在一边哭。后来他考上当地最好的高中，顺利通过高考，毕业后，进入当地的税务部门工作。正当他想好好孝敬父母时，他的父亲却在他工作的第二年离开人世。陈老师说，从那时起，他就在想：家和万事兴；孝亲要早；身为人父，要做称职的父亲。

陈老师讲这一段家史时，每个人都听得全神贯注，不幸的童年没有摧垮他，反而时时提醒他，朝着幸福的那方前行。

接着，他的PPT上出现了记录他的家庭成长变迁的系列照片：

与妻子的结婚照；

妻子怀孕时陪妻子逛玄武湖的照片；

妻子喂奶时的照片；

妻子带孩子上学时的照片；

孩子考上大学与妻子送孩子报名时的照片；

孩子成家时的全家福；

妻子做奶奶时抱着孙女的照片……

每一张照片记载着这个小家庭成长的足迹，几乎每一张照片的主角都是妻子，或者妻子和孩子。可以这么说，这一张张照片，见证着妻子为这个家庭的每一点付出。每个人的脸上都为之动容：这是一个用心呵护妻子的丈夫，这是一个为孩子计划长远的父亲。

现在，陈老师的孩子也做父亲了。工作上，事业小有所成；生活中，三口小家甜甜蜜蜜。

每一个看到他们幸福之家的人，都会禁不住嘴角上扬，漾起笑意。英国诗人王尔德写过一首诗：

给妻子：
——题我的一本诗集

我写不出华丽的序言
作为这些短歌的序曲
我胆敢在此说出的只是

一个诗人到一首诗

倘若这些凋落的残花

能有一朵你觉得美丽

爱就会将它吹送

安息在你的发丝

当北风与冬天让一切凝固

一切变成爱的荒原

它就会低诉花园的絮语

你就会恍然大悟

　　陈老师在芸芸众生中也许微不足道，却以最好的言行验证了一件事：对孩子最好的爱，是爱孩子的母亲；对家庭最好的爱，是尊重自己的伴侣。

不焦虑的爸爸妈妈

清清一开始就喜欢画画。上国画课时，总目不转睛地盯着老师看。看老师抓笔，虚握笔管的上端，她小小的手抓起毛笔有点吃力。清清不像别的小朋友，悄悄地偷个懒，握住笔管的底部。她记得住老师的话："那是握毛笔，不是握铅笔，国画讲究气韵，从一开始就要全神贯注，力注笔端。"小小的清清听不懂老师的话，就记住毛笔要握在上端，她比着老师指定的地方，把毛笔握得紧紧的。老师看了，眼里闪过一丝光芒：这是一棵好苗子。果然，清清在构图、造型、用墨上，都学得比同龄人快。到小学三年级时，她的一幅作品就获得了全区少儿组第一名。妈妈把她的奖杯放在书橱里，摸摸清清的头。爸爸告诉清清，作为奖励，暑假会带清清跟着老师去雁荡山写生。

清清所在的城市没有山，从这里举目四顾，一马平川。老师速笔画下的雁荡山的断崖峭壁，直立千仞，看得清清目瞪口呆。她模仿老师的样子完成了第一幅速写。适逢当地商报记者采风到此，被这一对画国画的师徒吸引，临时采访了老师。

一旁的唐成悄悄问清清："记者为啥要采访老师？""为啥？""画得好呀！画就是自己最好的名片。"不久，清清看到报纸上老师的画和照片，明白了爸爸的话。清清学画更用心了。

清清六年级时，唐成带着一家参加了义工联。每逢周末就带清清去做义工，邻居看到了就说："时间那么紧，你们不让清清刷题，做什么义工，不想让孩子上重点学校啦？"唐成笑笑，和肖兰一起牵着清清的手继续往前走。

在爱心素食馆做义工帮厨，清清学会了淘米、洗菜、切菜，见证了食物从食材到餐桌的全过程。看到那些到素食馆吃饭的老人，清清知道了不是每个老人都有外婆那样的退休金，不是每个老人都能像爷爷一样会种各种瓜果蔬菜，这个社会还有许多需要帮助的老人。等到下次去看外婆或者爷爷时，她会主动露一手在素食馆学到的手艺，从洗菜到烧菜，一气呵成端上餐桌。外婆吃得笑出了声，爷爷高兴得多吃了一碗饭。然后，清清再不作声、不作气地把一桌子碗筷收拾到厨房里，洗得干干净净，放得整整齐齐。

这时候，爸爸会奖励一下清清，父女俩一起看一场世界杯。妈妈洗一盘水果往桌子上一放，边吃边看，聊聊喜欢的球星，清清开心，爸爸妈妈也开心。

小升初，清清凭着一幅全省少儿书画金奖作品，被最好的学校录取。兴趣，没有浪费清清的时间，反而助力清清进入了心仪的中学。

有人问唐成清清进步的秘诀，唐成诚恳地说："没有秘诀，该吃饭吃饭，该干活干活。"人家以为唐成保守，不相信。这叫啥经验，不是等于没说吗？

初中三年，清清上课专注听讲，作业做得快，考试成绩一直处于上游，小学时的爱好一样都没有落下。清清顺利升入本校竞赛班，妥妥的别人家的孩子。

让唐成、肖兰介绍经验的人更多了。他们还是那句话："该吃饭时吃饭，该干活时干活，全神贯注，啥也别想。"

父母大业

昨天的文章《对孩子最好的爱》发出后，引来诸文友的美评，很是感动。也许是这个话题能引起文友们的共鸣，也许是这个故事在我们身边还不普遍，引起向往。

这不是杜撰的故事，而是现实生活的真实写照。陈老师是芸芸众生中最普通的人，按照常理，80年代参加过高考的学子，即使是中专毕业，也会有很多晋升机会，而陈老师没有。也许是因为他在单位喜欢说真话，也许是因为他不晓得揣摩上意，具体原因不得而知。这丝毫不影响他用心生活，用心爱妻子、爱孩子。

他的妻子是我见过的最用心生活的主妇之一。家里窗明几净，厨房里收拾得一尘不染，她没有常人口中体制内的稳定的工作，照顾家庭就是她的工作。这一点也不影响她津津有味、兴致勃勃地活着。她房前养花，房后种菜，忙完家务，就去普通公司上班，也认认真真，非常投入。到了周末，安排好家务，她就会跟一帮好友搓麻。她的世界里没有比较。她简单、忙碌，忙完了就玩，不多想，脸上永远带着微笑。那种笑不是笑给别人看的，是一种乐在其中、自然而然的笑。你看了她的笑，就也想笑，没有理由，轻松自在。

"简友"留言说："这样的家风会让家庭越来越兴旺。我的父亲一向鄙视我那小贩出身的母亲，虽然我的母亲是理家的一把好手。为此，我一直耿耿于怀。这种情绪也影响了我和我的小家庭，如同中了魔咒一般，我自己找的对象跟我的父亲一样，不懂得如何尊重孩子的母亲，尽管我的学历、容貌、家境并不在他之下。"

可见，父亲对母亲的尊重、疼爱，特别特别重要。

"简友"然然留言说："这让我想起了《遇见未知的自己》中那个面馆的老板娘，爸爸酗酒打妈妈，她自己找了个同款老公，后来离婚了……潜意识的影响。"

蟹博士说："许多人把成年后的种种归因于童年，陈老师给了不一样的回答。"

是啊，人生虽苦，喜乐由我。

三三说："但愿每一个男性都有这样的意识吧。"

快乐心说："应该让每一个男人都来听一听这样的讲座，祖祖辈辈根深蒂固的思想，认为女人理所当然应该付出，大男子主义的人比比皆是。女人为了家庭和孩子忍辱负重。许多男人自我觉醒几乎是麻木的，如果男人都能心甘情愿为家庭、为妻子多多担待，相信大多数家庭应该都会和谐美满的。"

"简友"天际君说："我一直这样践行着，对于孩子应该是有影响的。"的确，他把夫人养得和女儿一样娇艳美丽，就是最好的证明。

"这个故事好，可惜这样的男人太少。"

"太赞同了，相爱的父母是对孩子最好的爱""支持你的想法！"

"超赞！确实如此。"

陈老师说："家庭和婚姻是要双方共同经营的！""要把父亲、把母亲的角色当事业来做。"

珍惜自己的拥有，用心活着，幸福就会如影随形。

不上补习班的孩子

清清中考的成绩出来了，她被市里最好学校的竞赛班录取。亲友们都来祝贺清清的爸爸妈妈。一时间，清清成了话题中心。

大家称赞的不光是清清的分数，还有清清成绩之外的其他东西。比如，清清就从来没有上过文化课补习班。

清清十六岁，一米七的个子，亭亭玉立。不近视，喜欢笑，笑起来眼睛眯成月牙。她喜欢体育，特别是跑步，4×100米接力是她的最爱，每回学校开运动会，她都参加，每回都拿到奖牌，一拿就是两块：八百米和接力赛各一。每次拿回奖牌，她都要挂在家里最显眼的地方，妈妈笑着说："跑步是清清的后勤部，给清清源源不断的动力。"

清清上课永远精力充沛，全神贯注，老师讲课一结束，她就以最快的速度做好作业。大多数同学还在奋笔疾书，她已经悠哉悠哉转到操场上跑两圈了。清清所在的班有五十多个同学，她从没拿过第一，最好的名次是班上第三，最差的情况也在前二十。正常就在七至十名之间。

到了节假日，同学们都奔走在不同科目的补习班，清清只需完成老师布置的作业。作业做好了，清清常常还有空闲时间。清清妈也想让清清再做一些卷子，刷刷题，清清爸坚决不同意。

说是空闲，其实每周只有半天可供支配。一个月也只有四个半天。按照清清的兴趣，这四个半天分别为画画、看电影、做义工、陪爷爷或者外婆。

画画是清清的最爱，清清学的是中国画，七岁起就跟着老师学用笔运墨，暑假跟着老师去写生。到了五年级，她已经考到十级。六年级时，清清的画作获了全省的银奖，因为这，重点中学主动找到她，把她作为特长生录取进来。清清同学的爸爸妈妈说，清清明明可以靠实力进去，偏偏特长还那么出色，羡慕之情溢于言表。初二上学期，老师指导清清临摹龚贤《溪山无尽图》，连续十周，清清完成七米长卷，很有神韵，惊艳四座。清清画画时画画，上学时上学，啥都没耽误。

　　做义工也是清清从小学五年级就开始跟在爸爸妈妈后面做的，初中也不落下，正好接触社会，接触各种各样的人。清清每次都很开心。

　　除了画画，清清有一个半天用来看《佳片有约》。她到一个高中历史老师家里看，看完和老师一起讨论，从演员到剧情，从摄影到音效，天南地北，无所不谈，这时候的清清非常放松，爸爸妈妈说，要的就是这个放松。

　　外婆是退休教师，每次清清去外婆那里，外婆都会询问清清的学习。清清抱着外婆的脖子撒娇，就是不回答。爷爷家门口的小河，是清清最喜欢的地方，她一边撑着小船，一边说着："向青草更青处漫溯。"爷爷在后面连连喊着"小心，小心"，清清早把船撑到远处去了。

　　清清不上补习班的传闻传得好远好远，有知情者说，清清的做法只可看看，无法复制。人皆问其原因。答曰："你只看到她不上补习班，你没有看到她全神贯注，心无旁骛地学习，持续性地专注，才能取得成绩。"

阅读，点燃书香童年

"接天莲叶无穷碧，映日荷花别样红"，正是大暑时节，大丰青少年活动中心"经典阅读班结业典礼暨赠书仪式"正热烈进行，大丰老年作协主席卢群老师应邀参加。

在孩子们兴致勃勃分享了暑期经典阅读的心得体会后，卢群主席作了题为"与孩子们一起话寓言"的主题讲座，她依托自己的作品，向孩子们介绍了什么是寓言，怎么和爸爸妈妈一起读寓言。接着，卢群老师从观察生活入手，告诉孩子们，生活是最好的老师，是最好的素材。卢群主席特别强调了及时动笔记录的重要性，灵感稍纵即逝，不能白白浪费。阅读，可以激发我们的灵感，可以激发我们的想象。卢群老师勉励孩子们以书为友、与书为伴，多读书、读好书，自强日新、乐学善思，在经典名著中汲取营养力量，在读书实践中提高素养能力，让童年在书香润泽中绽放夺目光彩。

讲座结束后，卢群老师为孩子们在赠送的新书《老鼠告状》上签名，孩子们排着长队，耐心等待，格外珍惜与作家零距离接触和交流的机会。

卢群老师，退休之前、半百之后开始写作，现在，已年逾古稀。此次大丰老年作协成立，老龄协会相关理事三顾茅庐，请她出山。她放弃在南京与女儿女婿外孙在一起享受天伦之乐的机会，与老伴回到大丰担此一职。在她身上，年龄只是一个数字，一个符号，她永远元气满满，永远阳光灿烂。她的就职演说，被放到头条，引起不小反响。

现在，她已出版了多部作品。她的不少作品，被选为中小学生课外阅读教材。其中，不乏被选入高考、中考阅读理解试题中的作品。她以实际行动，诠释了什么叫步履不停、终身学习、终身成长，她，活成了自己想要的样子。她，也成为很多身边人年老时想成为的样子。她，点亮了自己，也照亮了自己。她实现了自己的梦，也装点了别人的梦。

当孩子们捧着她的新书，请她签名时，她握笔粲然一笑。那笑容，与孩子们一样灿烂；那眼神，与孩子们一样明朗。她，点燃了孩子们的书香梦！

相信"相信"的力量

　　朋友送我一盒面膜，让我想起当年那个送我面膜的学生来。

　　2013年4月，我到新单位未满两年。我任教班级的一个学生刚刚在全省编程操作比赛中获得第一名，获得一次为期八天的宝岛观光游学的机会。那一天，他的母亲到学校里来，告诉我准备让孩子的舅舅代替他去台湾。我一听，有点急："主办方允许吗？全省高手如林，这可是孩子凭自己的实力杀出重围得来的，你轻轻一说，机会就给了别人，孩子会怎么想？你考虑过孩子的感受吗？"

　　那孩子的母亲是一个全身心扑在孩子身上的家长。她说："我当然希望小驰去，可是下学期就是初三，一耽误就是八天，怎么办呢？"我一听，原来，她是担心这个！我微微一笑："这个你别担心，语文，我担保他没问题，至于其他学科，你也别担心，我的同事都会帮他的。"他妈妈眼前一亮："真的？""真的！而且我向你保证，出去一趟，小驰的成绩只会更好，而不会变差。"他妈妈一听高高兴兴回去了。那孩子如期成行。从宝岛回来后，他带了几大盒凤梨酥到学校，他所有任课老师和全班同学都尝到了。他妈妈对我说："小驰还带了面膜给您，就是不好意思带来，当面交给老师。"我赶忙说："千万别带，心意领了，您留着自己用，相当于我已经用过了。"

　　小驰是那种智商超群的孩子，往往是课只上了一刻钟他就没了兴趣。你这时如果提问他，他永远对答如流。可是班上还有那么多学生的领悟能力与他不一致，总不能撇开全班同学只教他一人吧。可是我又不忍心看到他兴致不高的样子。于是我就想了一个办法，当我讲课时他可以自由支配时间，先行做一做上一年的中考试卷，同时，他还要从中选出三道选择题推荐给全班同学，并且有布置有检查，还要给听不懂的后进同学讲明白。他一口答应。期末考试时，他的语文全校第一，总分全校第二。他妈妈开心地说："老师，真的像您说的那样，一点都没有影响小驰的成绩，而且，回来之后，他比以前更开朗了。"小驰站在妈妈的身后，不好意思地笑了。

第二年的中考成绩揭晓的那一晚，我接到他的电话："老师，我考了全市（那时我们还是大丰市）第四，谢谢您去年说服我妈让我出去！"

第二天我到学校，才知道他考的是全市第三，而不是第四。

信任，可以产生无穷的力量。

日更碎碎念

自加入日更群后，虽每天按时完成日更，但常因自己的文字质量不太高而忐忑不安。恰群中诸友讨论这个话题，群主从容老师对我进行开解，我受益良多。

日更，不给自己找任何理由，就是写下去。一件事情坚持十年，你就了不起了。

哪怕碎碎念，也是在整理自己的思路，这种复盘与反思，本身也是有意义的。体现到文字水平上，自然多多益善，写得多，手感有了，语感有了，当然会有进步的。

集腋成裘，聚沙成塔，日更非常重要。理就是这个理，缺的是践行。对日更感到失望，多半是太急于求成，把写作看得太简单了。

日更不消耗精力。生活中其他事就太消耗你的时间和精力了，所以不能让日更一再消耗自己的时间和精力。可是，质量似乎不能让自己满意，有的时候自己都不想回头看。怎么办？

那就写的时候用心一点，一半垃圾，一半精品，基本是自己可以接受的范围。

日更能够看到自我反思，看到自己真实的内心世界，感知自己的方向，能够促进更好地成长！

文字是大脑思考的产物。

一定要真正放下对文字的利益渴求。

带着功利心去写，南辕北辙；带着平常心去写，会与自己想要的文字不期而遇。

越是用心追求、功利地写，越是写得虚伪，越不是真性情，对于写作和个人提升都没有好处。

群中一位"简友"喜欢改文，别人提意见然后去改也好，自己通读去改也好，感觉改几次，普普通通的文章会变得好很多。

文章不厌百遍改！好文章的诞生有两种形式：一气呵成；反复修改。前者是妙手偶得，后者更适用于我们日更者。

日更后再回头看，多作修改，促进量变到质变。

加油写日更文，适当储备一些文稿，这样就避免有急事的时候完不成日更的尴尬。也不要不好意思用从前的文章，只要是自己写的，没有发表过的文章，都可以参与到打卡中。不间断，不管用哪种方式保持不间断，保持心理上的连贯性，才是日更的真正意义。

不要怕写废了，不写才会真正地废了。写一千万字，两百万废文，那并不丢人。但是在这个过程中你总结出来的东西，可是别人求之不来的东西。

"独学而无友，则孤陋而寡闻。"

今天是妈妈农历的生日，跟往年一样，家人必须小聚庆贺一下，以祝妈妈生日快乐，爸爸妈妈健康长寿。具体安排如下：

上午：七点半带爸爸妈妈去富春茶社喝早茶（自带黄金芽），生姜干丝、蛋黄烧卖、千层糕、鱼汤面走起。

八点半带爸爸妈妈游梅花湾，猜谜语，听评弹，赏千年梅王，老爸老妈美照拍起来。

中午：和爸爸妈妈一起齐聚弟弟家，共品弟媳为老妈准备的生日宴。

下午：待爸爸妈妈午睡后，陪爸妈打扑克聊天。

白天安排大抵如此，原谅我以此碎碎念完成日更。

让它牵引你的梦

周日的下午，寒风凛冽，我行走在去往《人民作家》编辑部的路上，心里暖洋洋的，怀着近乎回娘家的喜悦。

是的，《人民作家》就是我写作的娘家，我在这里学步，我在这里启航，而今，我要把自己的第一本书《风乎舞雩》送给《人民作家》。

初识《人民作家》是七年前。彼时，我是《人民作家》忠实的读者，是名家专栏的铁杆粉丝。在这里，我从韦国先生《难忘的露天电影》里重温快乐的童年时光；从冯晓晴先生的文字里，一睹雨中海棠的绰约风姿；还有江兴林老师，在课堂讲课和灵感创作之间自由穿梭；吴瑛老师涉笔成趣、多姿多彩……此前我也写过一些文字，在读了这些优美作品后，我也跃跃欲试，便再次拿起了手中的笔。

2017年1月5日，《梦想的梯子》一文在《人民作家》发表，从此开启了我在《人民作家》的写作之旅。

每当我心有懈怠，不想继续时，骆总编就会说："写，坚持写才能发现自己的不足，才能离梦想更近，才能活成自己想要的样子。"

2019年7月，在《人民作家》编辑部的策划下，我在大丰图书馆"麋鹿讲坛"，举行了"苏东坡给我们的幸福密码"专题讲座，那一天座无虚席，听众反应热烈，《人民作家》就是这样发现作者的潜力，助力作者的进步的。

在一次《人民作家》作者座谈会上，我见到了大丰区作协主席冯晓晴先生，她是一位声名远播、作品丰厚的著名作家，也是明德书院读书活动的主持人。2019年，我们三所学校共八位老师在明德书院，轮流讲读《论语》，"独学而无友，则孤陋而寡闻"，这个读书活动，开拓了我的视野，加深了我对《论语》的理解，激励我更努力地阅读和写作。

2019年12月，我开始重读《论语》，每天一章，坚持不辍。到2021年6月10日，我读完全部《论语》之后，书友建议我把这些读书笔记汇总起来，既是一种记录，也是一种见证。我心里一动，开始悄悄整理，取名《风乎舞雩》。说白了，就是一群小城读书人，共读经典，畅叙心得，让圣贤之光穿越两千多年照耀我们，引着我们前行。

我把自己整理的初稿送给骆总编看，他仔细阅读之后，对我说："最好以你对《论语》的理解区分章节，才能表达你对《论语》的学与思。"一语点醒梦中人，骆总编直击了这本读书笔记的中枢。我根据总编的话，回头看，再读再悟，进行了修改和调整。

著名文化学者马连义先生，在百忙之中为这本书写了序，语重心长，文采斐然，既有长者的鼓励，又有文学的引领，温暖又鼓舞我心。

我们这群文友有个叫"油菜花"的群，群中有摄影师练秀文老师，她总是用镜头捕捉我们的日常一瞬。那一日，我们漫步河边公园，她又在我不知不觉间，悄悄按下快门。拿到照片的那一瞬，我吃了一惊：不知什么时候，竟活成了自己想要的样子。

定心细想，那是源自练老师高超的摄影技术，也源自《人民作家》对我心底那个梦的引领。

最美人间四月天

刚刚过去的4月，忙得不亦乐乎。

家里，老铁的带状疱疹仍不见好转，治疗的过程痛苦漫长。我呢，当然是侍奉左右，买菜做饭洗衣服全包。不做不知道，一做才知道，这么多年，老铁忙里忙外做了多少事，自己享了多少福！如今，有机会照料他，忙且快乐着。

家外，适逢4月全民阅读月，一个又一个阅读分享活动接踵而至，诸多感受汇成一句话：读书，天下第一等好事。

3月29日，区文联张秘书长来电，要我推荐一本书，同时附一张照片，参加即将到来的阅读月。这是由市委宣传部发起的"你读书的样子真好看"活动。我推荐的书目是《论语》。推荐语：学而时习之，不亦说乎？读《论语》，在圣贤的光辉照耀下，终身学习，终身成长。4月10日，区委宣传部的张老师打电话过来，要我把照片的原图、摄影者以及照片的名字发到市委宣传部。4月23日，消息传来，我的这张《春光书影》照片入选"2023年'全民阅读 书香盐城'主题展"，同时还把海报发给了我。接到海报的那一刻，我非常感动：不带任何功利地读书，一不留神让我遇到了想成为的自己。

3月30日，大丰区图书馆沙馆长邀请我作为阅读推广人，参加"早安大丰"的主题阅读推广活动。这里有个小插曲，推广的书目由阅读推广人自行确定，另一位推广人选择了《苏东坡传》。我一听，跟馆长说："我可以换成《论语》。"不料,沙馆长语气坚定地说:"不,我已经让她换了,《苏东坡传》就是你了。"语毕,沙馆长还把与对方沟通的截图发给我,那一刻,我有一种莫名的感动:我不过是多花了些时间在这本书上,不过是四年前在区图书馆开设苏东坡专题讲座时我的演讲让听众反应良好罢了,沙馆长还放在心上,如此青眼相加,这份尊重与肯定,是读书带来的,我自己何德何能呢?因此,在拍摄这个视频时,我格外投入,生怕一不留神,辜负了这份信任。所幸,4月14日在大丰融媒体播出时,大大超出了我的预期。这份荣幸,是读书给的。

4月16日,由区总工会主办,区总工会女职工委员会、区图书馆、区女作家协会承办,卯酉书局·大丰区职工阅读新空间协办的"书香润初心·芳心永向党"——玫瑰书香·大丰区女职工主题读书分享交流活动在卯酉书局举行,共沐翰墨书香,丰富你我人生。

我作为教育系统的分享人在最后一个走上讲坛。分享书目也是局里指定的《苏东坡传》。在《早安大丰》里推荐这本书时,是一段五十秒的视频。这次分享时间要求控制在八分钟左右。我从林语堂先生用英语完成的《苏东坡传》一经问世就成为畅销书开始切入,讲他与生俱来的浩然之气,讲他不以物喜、不以己悲的旷达洒脱。从现场书友的反应,以及作协冯主席的点评来看,效果很不错,也超过我的想象。

4月26日,我作为大丰作协的代表之一,老铁作为美协代表之一,共同参加了大丰文联组织的扬州采风活动。我们参观了大运河博物馆,游览了扬州运河三湾风景区,品尝了千垛美食,把"烟花三月下扬州"的美妙想象变成了令人羡慕的游园惊梦。

4月,已经渐行渐远,此间的点点滴滴,构成了最美人间四月天。而我,最想说的就是:读书,乃天下第一等好事。

自己的书房

我终于有了一间自己的书房，可是我心中的书房久已存在。

我拥有的第一本书是父亲送我的《小灵通漫游未来》。这本书属于我，并不等于我只有这本书可读。

小时候，父亲工作的单位订了大量的书刊，其中有《人民文学》《新华文摘》《收获》《十月》等文学期刊。每有新刊出来，爸爸总是借回家看。彼时课业很轻，做完作业之后，我就会拿这些期刊来读。说是读，其实也就是囫囵吞枣，只追求故事情节。

尽管是粗读，也不妨碍我喜欢陈白尘的《大风歌》，喜欢蒋子龙的《乔厂长上任记》《赤橙黄绿青蓝紫》，喜欢宗福先的《血，总是热的》，喜欢从维熙的《大墙下的红玉兰》，喜欢汪曾祺的《大淖记事》，喜欢高晓声的《陈奂生上城》，喜欢谌容的《人到中年》，喜欢冯骥才的《高女人和她的矮丈夫》……反正只要有新小说，我必定"生吞活剥"，一睹为快，至今记得。

上初二时，有一回我把《收获》带到学校里，利用下课的时间读，历史老师郭宏章先生看到了，接过去翻翻，不仅没有批评，反而说："看完了借给老师看看，老师那里也有书，你也可以去看。"从此，我便开始与老师换书看。在老师那里，我看到了唐诗、宋词，最喜欢的是李白和王维。也只是看看，并没有想到去背。

读高一时，语文老师便是这位历史老师，他被调到了高中语文组。有一回老师讲《廉颇蔺相如列传》，喊我起来背书，我却卡了壳。老师非常生气，狠狠批评了我："好文章你不用心去记，等于小熊掰玉米，啥也没留下。"至此，我养成了背诵的习惯。

那个时期，收音机里常常会播放电影录音剪辑。我对播放频道和播放时间非常清楚。只要作业一做好，到了播放点，我就迫不及待打开收音机去听。《叶塞尼亚》《黑色郁金香》《魂断蓝桥》《生死恋》《王子复仇记》……好多好多外国电影就是那时候了解的。邱岳峰、乔榛、李梓、童自荣、尚华……一个个闪光的名字连同他们的好声音深深刻在我的心底。

爸爸喜欢听京剧、昆曲、锡剧、淮剧、评剧。我于是被动地接受了梅兰芳的《贵妃醉酒》，程砚秋的《锁麟囊》，王彬彬、姚澄的《珍珠塔》，筱文艳的《女审》，新凤霞的《花为媒》……二黄西皮、生旦净末，宽袍水袖、环佩叮当，一一收入我心中的书房。

上大学后，在学校的图书馆流连的同时，迷上了琼瑶，迷上了三毛。买了琼瑶的《梦的衣裳》，买了三毛的《万水千山走遍》，把能搜罗到的她们的作品看了个遍。又回到图书馆看《安娜·卡列尼娜》，看《约翰·克利斯朵夫》，看《呼啸山庄》。这些也在我心中的书房留下印记。

工作后，拿第一个月工资买的第一本书是钱锺书的《围城》，和电视剧比对起来看，别有风味。有一回拿到一笔奖金，正好看到一套《文白对照十三经》，立刻买下了。这是我拥有的第一套经书，一直在看，用起来很顺手。

因为喜欢书，家人和朋友也常以书作为礼物送给我。大学同学送我一本中华书局的《说文解字》，弟弟送我一套《汪曾祺文集》，爱人送我两本《徐志摩诗集》，女儿送我《解忧杂货店》，紫云庄主送我《风物人间》，都是我经常翻阅的。

后来，我学会了不同版本比较阅读。手头有了《论语》的不同解读版本，有了从不同角度写苏东坡的传记作品，这是最近几年读得最多、时间花得最多的两大类。

　　读书不觉已春深，一寸光阴一寸金。岁月，因为有书相伴，流光溢彩。

几本好书

只要读书，就牵涉到选书的问题。

中小学生有必读书目，这是最起码的要求，最基本的知识储备。

读书的方式有两种：一是博览群书，行万里路，读万卷书。你耳闻目睹，所思所想所悟与书中种种相类似，你会惊奇地说，"世界上还有另一个地方与我们这里类似，还有另一个自己存在"，这时，你是兴奋的甚至是欣喜若狂的。或者，你所读到的内容与你的生活截然不同，你会瞪大眼睛："啊？还可以这么活？"还可以这么做？书中的情节让你仿佛活了不止一生，起起伏伏，悲悲喜喜，大彻大悟。这是博览群书的好处。还有一种方式就是，一辈子只读一本书，比如西方人读《圣经》，中国人读《道德经》。读一有一遍的感悟，每一次都不同，每一次都有精进。年少不知书中语，读懂已是书中人。

今天我要说的是第一种。博览群书就是多读书。书海茫茫，三生三世也读不完。怎么办？怎么选？听我慢慢道来。

一、公认的经典名著

大凡经典，都经历了时间的考验，是一代一代流传下来的。之所以历经磨难今犹在，自有其道理。读经典，就是读前人的智慧。"半部《论语》治天下"，你要认识天下，认识世界，《论语》必然要读。夫子说"不学《诗》，无以言"。你看，不学习《诗经》，连话也不会说了，这还了得？所以《诗经》

总得读吧。

二、通过圣哲对经典的评价选择经典

孟子说："尽信书，不如无书。"经典著作也有很多，尽量选那些与自己的直觉一拍即合的。比如四大名著，早先最喜欢《三国演义》，喜欢曹操，打仗是好手，诗也写得牛。你看"日月之行，若出其中；星汉灿烂，若出其里"，有气吞万里的日月，有一闪一闪亮晶晶的小星星，左手金戈铁马，右手诗情万丈，简直太飒了！最不喜欢诸葛亮，人家刘禅的江山，你不让人家去锻炼锻炼，让人家君临天下，偏要数度北伐、事必躬亲，你鞠躬尽瘁、死而后已的美名留下来了，蜀汉的江山也没有了，这算什么事？我就盯着《三国演义》看，其他三本，对不起，靠边站。

后来喜欢上《红楼梦》，又盯着看。最喜欢贾母，大气包容、通透睿智。《红楼梦》百看不厌。读书，也看眼缘，对上眼了，一见如故，读你千遍也不厌倦。

三、循着榜单去选书

经典好比大餐，总不能天天吃大餐吧，那不容易消化。通俗的高雅的都要看，文史哲科幻都瞧瞧。以微信读书为例，每周都有榜单，那些连续位居神作榜单前列的，我总会打开读读，合自己的口味，就一直读下去。像马伯庸的《长安的荔枝》、B.J.福格的《福格行为模型》、周岭的《认知觉醒》等等，都是从榜单上发现后开始读的。先读电子书，一旦读了不过瘾，就买纸质书来慢慢读、细细品。

在路上

2023年开年读的第一本书是《中国文化课》。

想要系统地了解中国文化，最快捷的打开方式就是去读余秋雨的《中国文化课》，除了知晓文化名人、文化现象、文化事件外，作者那充沛的激情、诗意的表达、睿智的哲思，都会让人心驰神往，掩卷遐思，相见恨晚。

写孔子，他是从"在路上"入手的。

"在路上"是西方现代派文学提出的一个概念。余秋雨这样写道："因为在路上，一个人摆脱了固定的环境，陷入了广阔无比的陌生和未知，但生命的缰绳却仍然掌握在自己手上，你会比以往任何时候都感到生命的脆弱和强大。"

这是认知，也是眼界，还是格局。认知从不僵化，永远新鲜，永远汲取，眼里看到的永远是远方，更高，更远，更深，向青草更青处漫溯。格局随之不断放大，三人行，必有我师。孔子就这样走在了路上，这是他第一次离家，第一次远行，第一次拜师，第一次问道。

他要拜的是老子，他要向老子问道。老子在哪里呢？老子在国家图书馆做馆长。孔子要从山东曲阜到河南洛阳，向老子请教。

老子把天地人间的哲学，以一个"变"字来概括。临分别时，老子叮嘱孔子："年轻人，要深藏不露，避免骄傲和贪欲。"

作者寥寥数笔就勾勒出中国文化史上两个巨人的会晤。

这样的精彩，本书比比皆是。第二本《不得往生》。

看这本书是因为追了一部高开高走的热剧《风吹半夏》。《不得往生》就是《风吹半夏》的原著。作者阿耐。这个作者我一直很喜欢，她的《大江大河》《都挺好》《欢乐颂》都是口碑一流的佳作。这部《风吹半夏》也是如此。

我有一个习惯，看到好的电影、电视剧，便会去找原著来读，这也是我挑选书的标准之一。循着这样的思路，我常常会发现很多优秀的作品，这次也不例外。

如果把电视剧和原著比较，原著更现实，商战的状况也更惨烈。以废油毁海田这个情节举例，原著中，这个始作俑者就是许半夏，而不是小陈。这样一来，许半夏的形象是高大了，可是现实意义被削弱了。

又比如，高跃进这个人物，原著中是个商场风云人物，比伍建设的道行高，他其实是最野蛮生长的那一个。电视剧里，改编成由柯蓝扮演的省钢铁协会的副会长，同样又是一个拔高。

结尾的处理，电视剧高于原著，五人团的和解，是升华，也是必然。

第三本《你就是孩子最好的玩具》，讲的是亲子关系的处理，作者美国作家金伯莉·布雷恩，他是儿童教育专家，提出了"情感引导式教育"。这本书通俗易懂，操作性很强，花了半天时间翻完了。

第四本是李娟的《冬牧场》。这本书其实十年前就看过，现在再看，感觉完全与当初不同。李娟作为一名作家，在哈萨克族牧民的地窝子里生活了一整个冬天，见证了极寒天气下牧民的生活，他们的起居日常，他们的吃喝拉撒，他们的人情世故，他们的交往走动。从容易走失的骆驼到零下二三十度出生的狗崽，从粘了透明胶带的照相机到架着天线的电视机，那是一群人和动物荒野求生的真实写照。大自然的威力，人和动物强烈的求生欲望，人与人之间的互相扶持与暗中较劲，动物在荒野中生存的惊人能力，每一个画面，每一段描述，平静中透着惊心动魄，我读了一遍之后，现在正在读第二遍。

捧脚

其实，题目我是想写成捧臭脚。"捧臭脚"三个字作为题目，隔着屏幕，那股臭脚丫子味就扑面而来，让人窒息。从视觉的角度，不雅；从味觉的角度，难闻；从通感的角度，让人避之唯恐不及。所以，"臭"字隐去，姑且称之为"捧脚"。

捧脚，古已有之。有史可考。《隋书》上说，隋文帝"梦欲上高山而不能得，崔彭捧脚，李盛扶肘得上"。捧脚，在这里指奉承谄媚、溜须拍马。天下熙熙皆为利来，天下攘攘皆为利往。脚不是普通人的脚，是可以得其利的"脚"。或者位高权重，或者有钱有势，能给捧者带来名，带来利，或者，名利兼收。

捧脚还有别名：溜须。溜须也有典故。

宋朝名相寇准有一门生叫丁谓。一次二人共同进餐，寇准的胡须上不小心沾上一个饭粒，丁谓瞧见，忙上前将米粒从寇准的胡须上小心顺下，并将老师的胡须梳理整齐，极尽奴媚之像。寇准看着他说："参政，你是国家的大臣，怎么能为长官拂须呢。"后来，就把丁谓的这种取媚行为称为"溜须"。

"拍马"，则源于我国北方骑马的游牧民族。蒙古是马上得天下的民族，元朝的官员大多是武将出身。下级对上司最好的赞美，就是夸他的马好。一方面是蒙古人对马钟爱有加，另一方面马也是他权力、身份、地位的象征，因此夸他的马就等于是夸他。

明初翰林学士解缙，主持编纂《永乐大典》，堪称一代雄才。据说有一天，朱元璋对他说："昨天宫里出了喜事，你吟首诗吧。"聪明的解缙一听，便知道是皇帝得了儿子，于是开口吟道："君王昨夜降金龙。""金龙"二字正是拍皇帝的马屁。龙颜该大悦了吧？

谁知朱元璋却说："是个女孩儿。"

解缙马上改口道："化作嫦娥下九重。"一个"化"字用得多好！"金龙"变成了"嫦娥"。

谁知朱元璋又说："生下来就死了。"

难堪！但却难不住解才子，解缙笔锋一转，来了句："料是世间留不住。""留不住"三个字显然是用得好的，不仅回避了"死"字，而且显示了龙种与凡人的不同。

朱元璋接着又说："已把她扔到水里去了。"解缙接着吟道："翻身跳入水晶宫。"

再一次把龙种升华，而且与前面的"嫦娥"相呼应。总之，因为是龙种，男、女、活、死，都与凡人不同，解缙的马屁真是拍到家了。捧脚的功夫一流。文人，一旦没有了风骨，就会沦为笑柄。

一个唐代诗人的夏至

夏至，二十四节气中的第十个节气，也是最早被确定的一个节气。日期在每年公历6月21日或22日。夏至在中国古代也是重要的传统节日，在汉代和唐代，全国放假一天，宋代公务员在夏至时放假三天。

夏至，在农历五月中，比如2022年夏至就是农历五月二十三。夏至后进入伏天，气温升高，艳阳高照，炎热无比。干点什么好呢？诗人说，这样炎热的天，当然是避暑呀！有诗为证。

夏日过郑七山斋

[唐]杜审言

共有樽中好，言寻谷口来。

薜萝山径入，荷芰水亭开。

日气含残雨，云阴送晚雷。

洛阳钟鼓至，车马系迟回。

杜审言是谁呀？大名鼎鼎的诗圣杜甫他爷爷。这一天，时值夏至，杜审言就想起了朋友郑七：他和我都喜欢饮酒，不如就去他的山斋拜访一下，把酒言欢，畅叙人生。

杜爷爷是个行动派，说去就去，踏上了去郑七山中别墅的路。

循着满是枝枝蔓蔓藤萝的野径进山，满眼郁郁葱葱，凉意顿生，拐过几个弯,郑七家荷花池就出现在眼前。接天莲叶,映日荷花,更有凉亭立于荷花池边。在凉亭周围的水池中,无边无际的荷,满池葱茏,满目清凉。杜爷爷深深吸了一口气,真乃清凉胜境啊!突然天色暗下来,乌云密布,又是几道闪电,天居然下起雨来了!杜爷爷赶忙到亭里躲雨,心想:这雨怎么说下就下呢?这时传来郑七的声音:"来来来,美酒佳果,就差对酌的你了!"

杜爷爷这才发现,好友早早就在凉亭做好准备了。水晶糕看一眼就沁人心脾,紫盈盈的葡萄,上好的佳酿已斟满酒杯,杜爷爷欣然入座。

凉亭内,两人推杯换盏,边吃边聊,好不惬意。

凉亭外,那荷、菱盛开的水池上,雨后初晴,空中铺下明朗的阳光,照在残留的雨水上,水汽冉冉升腾;在这水汽和酒香的氤氲中,杜爷爷渐渐不胜酒力,他两颊坨红,摇摇手对郑七说:"醉了醉了!不能再喝了!"

郑七哈哈大笑,命人撤去酒肉,再添茶水,继续饮茶品茗。

兴之所至,杜爷爷走到边上的书案前,即兴赋诗一首:《夏日过郑七山斋》。

不知不觉中,天气渐渐转阴了,天边又传来隐隐的雷声。那荷叶上的水珠随着一阵阵微风,上下摇晃,晶莹透亮。

杜爷爷站起身:"酒足兴尽,该回家啦!"

郑七说:"别呀!留下来吃晚饭,有新收的蚕豆,最是下酒的小菜!"又是一阵闷雷,伴随雷声的,还有从洛阳城中传来的报暮的钟鼓之声。

杜爷爷对着郑七指指钟鼓之声,说:"下回吧!下回我早点过来,今天不早了,再不回去,城门该关闭了。"

夕阳西下,云阴晚凉。杜爷爷身披落日余晖,笑眯眯踏上了回家的路。

书卷多情似故人

在所有的陪伴中，阅读，堪称最温暖的陪伴。"书卷多情似故人，晨昏忧乐每相亲。眼前直下三千字，胸次全无一点尘。"书如老友，一卷在手，灯下安坐，对书成"三人"。几页读下去，口中生香，于是荡胸生层云，所有的烦恼疑惑都扶摇九万里，直上云霄，消失不见了。

2022年，以一本《德国的细节》开启新年陪伴。书中描写了一个个精准得令人惊叹的细节，德国人的严谨细致给我留下深刻印象，他们对事物的方方面面都追求极致，正如作者所言："如果说基础设施是一个城市的硬件，那么公民素质和公共意识就是一个城市的软实力。"当你不能左右硬实力的时候，仔细做好自己的每件事，其实就是在积攒城市的软实力。

去年除夕的爆竹声音犹在耳，年夜饭过后，我又重新拾起了老舍的《四世同堂》。不知为什么，当时画下了这句话："到什么时候都不许灰心！人一灰心便只看到别人的错处，而不看自己的消沉堕落！"大师就是大师，短短数十字，生活态度跃然纸上。时下，再看这句话，就好像老舍先生知道我们身边发生了什么。面对我们的迷茫无助，先生温和坚定地说："五分钟的热气能使任何人登时成为英雄，真正的英雄却是无论受多么久多么大的困苦，而仍旧毫无悔意或灰心的人！"

我读到了一本实用性很强的书《秒赞》。书中要求"写标题就像交朋友，不坦诚，没朋友"！写文如为人，关键全在一个"真"字。

"身为间军司马，只要观察就够了，不要去替别人下结论。定论会导致偏见，遮蔽掉许多有用的线索。记住，你的偏见，是敌国间谍赖以生存的基础。"这是马伯庸《风起陇西》中的一段话，细品，耐人寻味，发人深省。定论导致偏见，任何时候，偏见都是自我成长的大敌，保持热情，保持兴趣，保持热爱，用发展的眼光看待一切，与周围的一切一起成长。好书犹药，善读之，可以医愚。

我前后花了一百八十多个小时，读了《写作这回事》，结论是：写作，除了全身心去写，没有秘诀。先写，再写好。所有的方法论，都建立在大量写作的基础上，没有捷径可走。在没有写到一定数量的字数之前，所有的方法论都是纸上谈兵，正如明白许多道理，依然过不好人生，是一样一样的。

《许渊冲百岁自述》这本书，我看了不止一遍。这是一个超级学霸的世纪人生，一代诗词翻译宗师的成长秘籍。生也有涯，知也无涯，以有涯之生求无涯之知，许渊冲一生都是知行合一的实践者。透过自述，我还看到了西南联大最卓越学者师生的群像图，一个个大师的风采如在眼前。文笔典雅，有诗词的浪漫灵动，有外语的异域风情。作者虽百岁高龄，仍然跳动着一颗旺盛的求知之心。

有人把畅销书比作快餐，可以充饥，却无多少营养。其实不然。有时候，走在路上，对面一个优雅女子走过，就那么在人群中看了一眼，就再也无法忘记她的容颜。《高效能人士的七个习惯》是一本经久不衰的畅销书，它是一本让人读之难忘的书。说是七个习惯，其实就是两个方面：对己对人。对己，积极主动，以终为始，持之以恒。人生是一场漫长的旅程，需要一以贯之，坚持不懈。对人，换位思考，双赢合作。正如作者史蒂芬·柯维在书中所言："要改变现状，首先要改变自己；要改变自己，先要改变我们对问题的看法。"说白了，就是从思维入手，处理好我们的生活、学习和工作。这本书，常读常新，虽不能至，心向往之。假如让我给孩子们开书单，这一本当列其中。

《蒋勋说宋词》亦是我的心头好。"林花谢了春红，太匆匆。无奈朝来寒雨晚来风。胭脂泪，相留醉，几时重。自是人生长恨水长东。"李后主的小令天然流畅，不事雕琢。经过蒋勋先生的解读，禅意与道意互生，情怀与感动共存。文字在时间里流淌，情愫在岁月中漫漶，一点一滴，一丝一缕，密密匝匝，自然的永恒与人生的短暂，一经碰撞，电光石火，撼人心魄。而阅读的美，就在于此，阅读的陪伴，不可替代。

　　阅读，还是一件令人特别放松、心安的事。你忙碌或者闲散，书本都在一旁静静待着，不离不弃。想阅读时，你打开书本，它就对你敞开了心扉，知无不言，言无不尽，不吝赐教，指点迷津。你如果暂时把它放在一边，它也无怨无悔，对你的陪伴，不增不减。当你的心走得远时，只要一拿起书阅读，你就会喜出望外：原来你还在这里，没有走远？书笑笑不语，书中文字就是答案：走出去，大自然是你的诗和远方；走回来，我是你的世外桃源！世上还有哪一种陪伴，如书本一样博大宽厚？

　　年终岁末，"地炉茶鼎烹活火，一清足称读书者。读书之乐何处寻？数点梅花天地心。"

　　天寒地冻，来，坐下来，泡一杯红茶，插数枝梅花，一卷在手，温暖刹那盈怀。

第 **3** 辑

天光云影共徘徊

　　观影看剧也是一种阅读。一场场光与影的视觉盛宴，投射了我们的认知，承载了我们的想象，激荡了我们的梦。

————————————

《风吹半夏》：你的人品，你的靠山

最近，电视剧《风吹半夏》高开高走，很吸人眼球，细看之后，这部剧走红，自有其道理。

一、胖子

《风吹半夏》是商战片，讲的是小女子许半夏如何从收废钢的二道贩子成长为一个大规模现代化钢厂的老板，事就是这么个事，人也就是与许半夏相关的那么些人，放在一起，抢眼。

许半夏一出生，妈妈难产死了，本来没了妈的孩子就够可怜了，应该得到更多的父爱吧？可是，没有。爸爸把丧妻之痛一股脑全撒在她的身上，给她取了一个中药名：半夏。味辛，有毒。这个生下来就不被祝福的孩子，一点都不喜欢这个名字，她长得白白的，有点婴儿肥，像杨柳青年画，别的女孩子忌讳一个胖字，许半夏却喜欢别人叫她胖子。她的朋友都叫她胖子。

胖子和发小陈宇宙开了一个废品收购站，也把收来的废钢简单加工卖出去，手上有了点钱。童骁骑母亲生病，没钱医治，拖了一车下水道井盖来收购站换钱，被陈宇宙骂走。胖子赶上前把医药费塞给了童骁骑。这就救了童骁骑母亲的命。从此，胖子、小陈、小童成了生死相依的铁三角。

《风吹半夏》好看，与这铁三角有关。

人生不易，每个人活着都好难。这时候有两个人，想你所想，急你所急，甚至比你自己还着急，还要当回事，你暖不暖、热不热，是不是浑身都充满了力量，都在这两个人的心里。小陈和小童就是这样。

胖子的丈夫出轨，小童知道了，一通教训，直取要害，将对方彻底打趴，虽然被判数年牢狱之灾，但无怨无悔。

小童人还没有出来，胖子和小陈已经为他盘了一个车队，吃饭的家伙有了，后顾之忧解除了。

胖子的堆场拿不下来，小童找人浇了废油，村里人别无选择，只好给了胖子。堆场欠村里钱，小陈每天对着上门的债主赔笑脸、说好话，端茶倒水，挨打挨骂，不对胖子说一声。小童和车队一起每天超负荷运转，把赚到的每一分钱都拿去还账。明知周茜是婚托，胖子还是高薪聘请她陪小陈走完生命的最后一程。

凡此种种，每一个细节都看得人热血沸腾、血脉偾张，这样的肝胆相照、两肋插刀，这样的彼此相扶、无比信任，让薄凉世界里每个人都为之动容，为之心驰神往。

所以，《风吹半夏》最先打动我的是情义。

第二，就是有道。君子爱财，取之有道。任何时候，都要怀敬畏之心，不可妄为。

许半夏想要拥有自己的钢厂，这是理想，是好事。但是，好事也讲究做法。

许半夏首先要有堆场，一再加码、狮子大开口的村长逼得半夏无路可走，小陈让小童找人倒了废油。堆场是拿到了，可是那么一大片海滩全被废了，海草不能存活，鱼虾不能畅游，村民赖以生存的家园被破坏了，这真是杀鸡取卵之举。荼毒生灵，其心当诛。很快，小陈在建堆场的过程中，喝了这里的水，原本不好的身体竟然因此患上了白血病，任许半夏想尽办法，遍访名医，最后小陈还是撒手人寰。

如果说，一开始许半夏看到被污染的海滩非常震惊，深深愧疚，那么当小陈离世的时候，许半夏几乎可以说是痛不欲生，悔不当初了！企业有多壮大，半夏就有多歉疚。当他们捐资兴建在村里的宇宙小学落成，村长请半夏讲话时，半夏的神情无比凝重："一切都回不去了。"

另一个就是伍建设，省二钢如意收入囊中，一味忙着回本，钢厂的污染让周围的百姓深受其害，伍建设采取的就是瞒和骗，最终酿成大祸，无法收场。当你吃肉的时候，不要连锅都端了，别人没饭吃时，你的饭碗也就打了。

二、野蛮生长

许半夏只用了三年，就完成了从收废钢的小老板到大型钢厂老总的转变。这像个传奇，也像个神话。除了得益于那个时代的政策外，她自身不顾一切、野蛮生长的个性也是成功的重要因素。

一生下来就被父亲嫌弃，也不被爷爷待见，许半夏从小就知道自己要什么，知道活下去一切全得靠自己。她头脑冷静，在名和利面前，她只取一个利，而且，为了这个利，她还特别低调，特别愿意在口风上成全别人。

那是个最好的时代，她遇上了最好的政策，有了最好的天时；那又是一个最坏的时代，一切都在摸索，一切都没有章程。

任何事情都是一把双刃剑。父亲的嫌弃，让她失去了父爱，同时又让她的成长少了很多束缚。没有章程，又为她的野蛮生长提供了可能。

她要同时做两件事：一是建堆场，二是跟伍建设去俄罗斯买废钢。这两件事在别人眼里难于上青天。

堆场总是拿不到，小陈指使小童找人用废油毁了海滩，许半夏得以获得堆场。他们遭到了村民的诅咒，一个老人甚至发出了"不得往生"的毒咒。

不得往生，就是说死了以后也没法投胎做人。这是最毒的毒誓了。怪人家吗？你毁了海滩，你毁了海草鱼虾，断了村民的衣食来源，从根子上让他们的生活无依无靠，世世代代谋生依靠就此戛然而止。你让人家怎么办？

一般人肯定会被这情景、这诅咒吓住了，可是，许半夏不是一般人，别的孩子生下来是父母的掌中宝，她得到的却是丧母之痛和父亲有毒的半夏赐名。这大概算得上以毒攻毒吧。

许半夏顾不上愧疚，既然拿到了地，那就赶快建堆场！

买废钢这件事也很麻烦。在伍建设、裘毕正这些做了头二十年的钢材生意的老江湖眼里，许半夏要啥没啥，一无经验、二无资本，人家不带你玩。许半夏软磨硬泡，喝酒喝到趴下，人家勉强答应。这时还有一个最大的问题：钱不够，缺钱！缺钱怎么办，想尽办法借！去跟认识的手中有钱的人借。去跟那个薄凉的父亲许友仁借，去跟冯遇借，去跟裘毕正借，借，又不是偷，只要肯借，付你利息，没啥不好意思的。

这里有个细节很有意思。对许半夏颇有好感的老苏，拿来了自己的全部积蓄七万元，可是许半夏没有收，在商言商，利用别人感情的事，咱不干。许半夏自有其底线。

最终筹到了钱，踏上了去俄罗斯的路。可是，新的问题来了，老伍认识的原来是个骗子，废钢没有买到，辛辛苦苦筹集来的订金还都被骗了。老伍等四人回国了。只有许半夏不肯回国，她要留下来找到那个骗子，她坚信自己可以找到那个骗子。

果然，一等再等，几乎山穷水尽之时，她发现了骗子的搭档，那个俄罗斯姑娘，并且抓住了她。这下，骗子该找到了吧？然而，没有。但是，这姑娘的确可以帮助许半夏去黑海买到废钢，而且还是五万吨。

历经千辛万苦，五万吨废钢运到了国内，可钢材市场出现了寒冬，价格降到了历史最低点。

看到这里，每个观众都为许半夏捏把汗：废钢压在手里怎么办？钱怎么还？堆场还要不要继续建下去？

这时就丑态百出了：父亲许友仁追在后面要钱，拿走了许半夏的房产证；郭启东落井下石，想独吞五万吨废钢，外企贸易公司也在虎视眈眈……另一方面，两肋插刀的好兄弟为了还债拼命干活出了车祸！

这一切，压得人喘不过气来，几欲崩溃！

仿佛是一夜之间，钢材市场升温了，国际钢价出现了历史新高，一切与钱有关的问题迎刃而解，堆场建起来了，许半夏一跃成为钢材市场资金最雄厚的那个人，有足够的实力参与省二钢的拍卖竞争！

就当你以为许半夏可以昂首阔步参加竞拍时，伍建设、裘毕正他们不干了，他们仿佛忘记了废钢交易中许半夏给他们每个人带来的巨大利润，他们不能接受一夜之间许半夏与他们平起平坐参加竞争，在他们论资排辈的世界观里，许半夏还是没有资格。人性的复杂和扭曲在这里毕现无遗。

许半夏的野蛮生长再次爆发，她调动一切力量去竞标，她志在必得。可是在最后一刻进入拍卖现场举牌时，她犹豫了，她让赵垒代替她去最后冲刺，赵垒在一次次抬高标的之后选择了放弃，让伍建设中标。

许半夏对此暴跳如雷，却又无力回天。她没有放弃，她决定建立一座新钢厂。

伍建设因为钢厂的排污问题被迫停产，许半夏不计前嫌，接受了省二钢，挽留了伍建设，她成为即将上市钢厂的老总。

当你奋力前行的时候，仿佛全世界都在为你让路。可是，命运赠送的礼物，早已在暗中标好了价格。

许半夏因当初为了获得堆场，毁坏海田而被举报，她获了缓刑，缴了罚款，她尽己所能，为村民做事。当初对海田的毁坏，一直是压在她心中的一块石头，接受判决，反而减轻了她内心的负疚。

《风吹半夏》打动人心的地方，就在于它真实反映了许半夏们对财富不可遏制的渴望，不顾一切甚至不择手段的追求，绝不遮遮掩掩、半明半昧。她的生长很野蛮，她的状态很真实。从没有章程到逐渐规范，许半夏的成功之路，是众多民营企业家成长的缩影。然而这种成长又是以牺牲自然环境为巨大代价的，如同工业革命让伦敦成为雾都，堆场让海田成为废墟，野蛮生长过后，该做些什么？

三、输赢

《风吹半夏》的结局，很让人唏嘘。当初一起去俄罗斯买废钢的五个人，现在成了这样：郭启东坐了两回牢，刚刚释放；裘毕正中风坐在轮椅上不能说话了；伍建设和许半夏各自被判缓刑一年；冯遇好点，全身而退，但在商界，他已退隐，回到他的小菜园种有机蔬菜了。谁输谁赢？没有赢家。

细品之后，一切又在情理之中。

郭启东作为裘毕正的副总，凭着精湛的技术和一流的管理，深得裘毕正的倚重，待遇优厚。私底下，他把公司的好钢边角料当成废钢卖给自己在外面偷偷成立的公司，再用正品的价格卖出去，大发其财，中饱私囊。事情败露后入狱。后来，他暗中投靠伍建设，欲置许半夏于死地，又没有得逞，再次坐牢。种瓜得瓜，自食苦果，一点也不冤。

裘毕正，最初他的实力仅次于伍建设，起步早，积累多。他是最没有底线的那一个。最初误打误撞，有了第一桶金，公司规模扩大后，他倚重郭启东，却对他没有足够的信任，给了郭启东可乘之机。他没有任何原则，唯利是图，利益就是他行动的方向。伍建设强大，他就投靠伍建设；许半夏崛起了，他就巴结许半夏。一旦出了差错，他没有任何担当，二话不说，让手下做替罪羊。在公司即将上市之际，他再次为了一己私利，在出口货品报关上做手脚，使公司招致飞来横祸。无法招架，精神崩溃，一下子中了风，成了一个丧失行动力的废人，行尸走肉，虽生犹死。比起郭启东的银铛入狱，裘毕正结局更惨。贪婪，断送了他的一切。

　　冯遇跟裘毕正一样，起步早。他是仗着岳父家的实力起步的，结发妻子能干又顾家，可以说，冯遇的风光全得益于妻子。冯遇自己却看不清这一点。先有外遇再闹离婚，二婚妻子是个中看不中用的花瓶，仓促之间，再次离婚。这时，冯遇才如梦初醒，知道了自己几斤几两。他成为建钢厂的成员中最谨慎的那一个。他把主要精力放在了自己的小菜园上，这，成了他最后的退路，成了他应对的铠甲。有时候，认清自己，就是成全自己。

　　伍建设一开始是实力最强的那一个，这让他一直以老大自居。如果说野蛮生长，他起步最早，他应该是最野蛮生长的那一个。他没有敬畏，在明明知道环境污染危害的情况下，有排污设备不用，仅仅是因为使用排污设备的代价太大，他不愿花这个钱。因为罚款的钱要少得多。两害相权取其轻。他宁可缴罚款也不愿治污。最终高价收购的省二钢，因为伍建设的这番操作几近崩盘。他想甩锅给许半夏没有得逞，就去举报许半夏，使尽了各种招数，搅得许半夏无法前行。可是，这样一个阴险狡诈的商人，却受到父老乡亲的一致保护。村里的路是伍建设修的，村里的桥是伍建设建的，甚至，为了安置乡亲们就业，伍建设还全套进口了德国原装设备建了一个厂，应该说乡亲们是实实在在得到了伍建设的实惠。授人玫瑰，手有余香。所以你看，伍建设当初的无心之举，现在却成了他的避风港。他的下场也就没有裘毕正难看。

四、你的人品，你的靠山

　　同样是做生意，许半夏的不同之处就在于，她不只考虑自己，她的心中也有别人。

　　她比郭启东坦荡，做生意，宁可险中求，绝不暗里取。可以冒险，绝不卑鄙，绝不阴暗。吃里爬外、落井下石的事绝不碰。她信奉团结生财，互相帮助，有钱一起赚，绝不吃独食。当初去俄罗斯买废钢，四个大男人受骗后灰溜溜回国，她一个人坚持下来，凭一己之力，将五万吨废钢运回国，一个人苦撑钢材价格低迷期，回暖之后，依然按照去俄罗斯之前的约定，让五个人都赚得钵满盆满。这胸襟气度，不由人不心生敬佩。

比裘毕正靠谱。裘毕正做生意，眼里只有一个利字。利字当头，什么人都出卖，先是让郭启东顶雷，出卖自己的手下。后来，为了从省二钢撤资，又出卖自己的老大伍建设，最后，还是为了利，将整个公司拖下水。许半夏则相反，买废钢的事，她以德报怨；公司因为侵吞国有资产难以上市，律师建议她丢卒保车，牺牲伍建设保全公司，她坚决不同意，选择自己承担，令伍建设老泪纵横。

比冯遇努力。冯遇起步早，资金远比许半夏雄厚，这主要得益于结发妻子的能干，在离婚遇挫后，冯遇选择退隐，除了保留在公司的股份，他的精力都在自己的小菜园上。可是许半夏不是这样，屡败屡战，绝不屈服。买废钢受骗，她一定要找到骗子；废钢价格降到冰点，她选择苦熬；省二钢拍卖失败，那就建设一个新钢厂。总之，目标坚定，绝不放弃，绝不认输。

比伍建设实在，比伍建设有担当。本来，伍建设起步早、实力强，又拍下了省二钢，是名副其实的老大。但是，他的两个弱点，几乎断送了他的身家。一是好面子，喜欢做老大的感觉。他有四千万的实力竞拍省二钢，赵垒摸到他的这个底，故意把标抬高到五千万。按理，他应该果断放弃。可是他志在必得，头脑一热就拍下了。这让他一开始就陷入了被动，钢厂还没有运转，就拉下了一千万的饥荒。这是他拼命生产、不顾环保的直接原因。二是不敢担当，不是解决问题，而是捂着藏着。先是在买废钢遇到骗子，他选择自认倒霉，仓皇回国；后是在转卖省二钢时，向许半夏隐瞒实情，陷许半夏于被动。用伍建设自己的话说，就是"发现烂苹果任由它烂着，结果烂掉更多的苹果"。

许半夏在面对走私和侵吞国有资产两大问题时，不是回避，而是实事求是，该找人找人，该负责负责，既不让别人做替罪羊，也不一味为了公司上市拔苗助长。她选择了自首，选择了自己去面对、去承担。最终，水落石出，是非澄清。

就像传说中的长筷子，你用它搛菜给别人吃，别人也会搛给你，各得其所，共赢共生，共同成长。你只想搛给自己，筷子太长，眼睁睁看着那么多好东西，你就是吃不到嘴里。许半夏选择搛给别人吃，所以，她能不断成长，做大做强。互惠，才能共赢。

不得往生，实质是，人要为自己的行为付出代价。万物皆空，因果不空。当初建堆场，废了海田，破坏了环境，断了渔民的饭碗，野蛮生长的代价数年之后，一样要自己去偿还。许半夏的壮大，是因为建了堆场，废钢有了去处；许半夏的挫折，同样因为堆场，毁坏生态环境的锅，必须背。许半夏背了下来，她尽己所能，弥补对村民的伤害，她没有任由烂苹果坏掉，而是主动剜去，恢复生态，恢复环境。生活给了她改正的机会。如果说她这次逢凶化吉有什么秘诀，这个秘诀就是她的人品，心中有他人，人品就是她的靠山。

人生路漫漫，无论是野蛮生长，还是规避风险，做任何事情，都要面对自己的良心。那么，即使最初莽撞的行为造成严重的伤害，只要懂得心怀他人，懂得及时止损，懂得积极应对，生活就会回归正途，走向良性发展。

《触不可及》：你知道我的感觉

　　《触不可及》是一部低成本、小制作的法国电影，一经面世，它就取得了口碑票房双丰收，成为当年收益最高的非英语电影。据说，每四个法国人中就有一人看过这部电影。在全世界，这部电影也被多次翻拍。

　　一个是热爱艺术、温文尔雅的富豪菲利普，一个是虚荣骄傲、粗鲁无常的护工德希斯，本来触不可及的两个人，一场面试让他们有了交集。

　　菲利普因为意外，变成高位瘫痪的残疾人，需要护工；德希斯身陷囹圄，刚刚释放，是个没有工作、生活无着落的失业青年。

　　来应聘当护工的人很多，其中有训练有素的，有经验丰富的，而德希斯，从严格意义上来说，不能算是一个真正的应聘者，他来这里，不过是想要一个签名，一个证明他想找工作，而不是无所事事的证明，以帮助他顺利领到失业金。因为没有应聘的压力，所以他口无遮拦，久困于轮椅的菲利普眼前一亮，仿佛吹来一阵清新的风，他太需要一个不把他当残疾人对待的人了！或者可以这么说，是菲利普主动选择了德希斯：他渴望自己能够被当作正常人对待！

　　就这样，懵懵懂懂的德希斯走进了菲利普的生活。

　　接下来的事情令人啼笑皆非：德希斯拒绝为菲利普端屎倒尿，为了试探菲利普的双腿是否真的失去知觉，竟然往上面洒热水，幸亏护士看见，及时阻止。他居然把洗脚膏当作洗发膏涂在菲利普的头上。凡此种种，主打一个不靠谱。菲利普的朋友跑过来好心提醒："这可是一个有前科的混混，把这样的人放在身边安全吗？"菲利普根本不听。他对德希斯充满了包容和鼓励。他用激将法打赌德希斯干不到两个星期，德希斯第一次为他穿上增加血液循环的长筒丝袜时，他夸他像个熟练的老手。面对德希斯一次次的不靠谱，他没有怪罪，只是耐心地问一句："你玩够了吗？被忘记是残疾人的感觉真爽。"

德希斯在不靠谱的路上越走越远。他没有把菲利普塞进残疾人专用车，而是打开菲利普停在院子里的豪车，来了一个熊抱，把菲利普抱进了车子里。又把乱停乱放的邻居按在墙上一顿摩擦，看得菲利普目瞪口呆，觉得这也不失为一个解决办法。菲利普坐在豪车里奔驰，生命的活力在他的身体里一点一点复苏。昔日的生活又一点一点回来了。

他们在画廊里流连，面对德希斯让人脑洞大开的观感，菲利普告诉他："艺术是一个人对世界的直觉，是一个人来到这个世界的痕迹。"德希斯似有所悟，产生了画画的冲动。菲利普要吃德希斯手中的巧克力，德希斯脱口而出："想吃糖靠自己。"说出之后，他觉得这句话太适用于眼前的菲利普了。菲利普也被震撼到了，两个人的心越走越近，友谊的小船越划越远。德希斯在一天天成长，菲利普的笑声一天天更多。菲利普冰封的心扉向德希斯打开：一次高空跳伞让自己高位截瘫，最让他痛苦的还不是这个，而是失去深爱的妻子。德希斯听了，总想为菲利普做点什么。

他看到菲利普的女儿不懂事，提醒菲利普要管教孩子；可是看到小姑娘伤心难过，又悄悄找到欺负她的男孩好好教训了一通，让女孩子破涕为笑。他忘记了自己是个护工，代行了父兄之责。

他为菲利普的轮椅装上马达，让他体验久违的速度与激情。秋天，他们在风中飞扬；冬天，他们打起了雪仗。

菲利普的生日到了，德希斯在听完乐队演奏之后，自作主张放起了最流行的劲歌，带头跳起了热舞，菲利普身边的每个人都在他的带动下翩翩起舞，尽情高唱。菲利普的生命活力再一次被激发、被点燃，他的眼里充满了生命之光。

德希斯则拿起画笔，画出了人生的第一幅画作，他记住了菲利普的话，他要用绘画表达自己对这个世界的感知。

菲利普悄悄帮他卖掉了这幅画，拿到一万多欧元的德希斯，第一次知道，自己除了做混混，还可以做点别的事情。

德希斯发现菲利普有个通信半年的女笔友。凭直觉知道菲利普喜欢她，又顾虑自己是个残疾人。浑不懔的德希斯二话不说，抢过电话号码就拨打，退无可退的菲利普接过电话，一聊就刹不住车，他太爱这个姑娘了，只是无从表白。

德希斯为他创造了机会，菲利普却临阵脱逃了。

他们一起来到当初跳伞的地方。德希斯被菲利普推上了高高的降落伞上，蓝天下，菲利普得以释怀，德希斯不再恐高。

德希斯的弟弟出事了，菲利普鼓励德希斯离开自己，承担起对家庭的责任。

带着在菲利普这里的所学，德希斯很快找到了工作，帮助母亲让家人过上了稳定的生活。

德希斯走后，菲利普身边来了一个又一个护工，他们都无法代替德希斯，菲利普跌回了过往的岁月。

束手无策的管家请来了德希斯。德希斯微微一笑，又把菲利普塞进了他的豪车。在速度与激情中，他们找回了逝去的感觉，德希斯使出浑身解数，在菲利普的胡子上大做文章，一个又一个搞怪的造型，终于让菲利普忍俊不禁，展开了笑颜。

德希斯把打扮一新的菲利普推去咖啡店，留下他独自离去。菲利普一头雾水，这时，那位与菲利普失之交臂的姑娘走向了菲利普。最终，他们幸福地生活在了一起。

　　这是一个真实的故事。对于高位截瘫的菲利普而言，健康触不可及。对于身在贫民窟的德希斯而言，财富触不可及。因为菲利普的鼓励提携，德希斯走向了成功；因为德希斯的活力尊重，菲利普走向了幸福。原来，友谊的另一个含义就是：你知道我的感觉。

《绿皮书》：一路演出，一路治愈

《绿皮书》是2019年奥斯卡获奖影片。故事发生在20世纪60年代初，种族歧视依然严重的美国。一个是优雅的黑人钢琴大师雪利，一个是身居社会底层的意大利裔白人司机托尼。一场为期数月的巡回演出，把两人拴在了一起。

托尼由于工作的夜总会装修关门，急需一份工作。朋友建议他去参加一位音乐博士为了寻找司机而举办的面试。当托尼到达豪华公寓时，发现这位音乐博士是位古典钢琴家，一个黑人。钢琴家需要一个司机，负责他在南方巡回演出时的接送工作。托尼获得了这份工作。他们心里都十分清楚，他们将会遇到不少麻烦。但托尼需要钱，而雪利需要一个能照顾他的专业司机。给托尼付钱的唱片公司给了他一本"绿皮书"。这其实是一份行动指南，上面列着当地黑人可以吃饭睡觉的地方，因为很多旅馆和餐厅都只对白人开放。

一个是身怀绝技、敏感孤傲、远离家人的黑人钢琴家，一个是大大咧咧、不拘小节、有着幸福大家庭的白人司机，来自不同世界的两个人，就这样踏上了巡回演出之旅。

托尼是个不折不扣的种族主义者，不善言辞，深爱着自己的家庭，深爱着自己漂亮的妻子和两个年幼的孩子。按照事先约定，他必须定期给妻子写信。这对托尼是个难题。托尼不知道用什么词来形容自己有多思念美丽的妻子，绞尽脑汁，无从下笔。雪利坐到他的身边，口述了第一封信，接着有了第二封、第三封……每到一个演出地，雪利帮他完成一封。读托尼的来信，成了妻子的享受，他们的感情在鸿雁传书中不断升温，爱在传递，幸福在升温。

雨果曾说："一个有坚强心志的人，财产可以被人掠夺，勇气却不能被人剥夺。"可见勇气是一个人处于逆境时的光明。一个人只有对自己足够狠，才会让自己从优秀变成卓越。如果你是懦夫，你就是你自己最大的敌人。如果你是勇者，你就是你自己最好的朋友。雪利选择到南方巡回演出，很清楚自己会遇到什么，他仍然勇敢地走出了这一步。

结果如何呢？白人欣赏他精湛的钢琴演奏水平，却不允许雪利和他们一起进餐、一起住宿。雪利，只能在豪华的大厅里演奏，在狭小的换衣间里吃饭。种族歧视的鸿沟在演出之后赫然存在。雪利不被白人接受，也不被从事劳作的黑人接受，演出结束后的雪利无比孤独，他，无处安放自己。

对雪利越来越喜欢的托尼，发现雪利一个人到酒吧里买醉，结果招来白人的一顿暴打，托尼及时出现，救出了雪利。当雪利深陷不堪，被警察关起来时，又是托尼，以捐赠之名，贿赂了警察，换回了雪利。

当巡回演出结束，托尼回到了自己温暖的家，寂寞的雪利接受了托尼的邀请，走进了托尼的家。

《满江红》：燃尽卑微，此殇成歌

一、燃尽卑微，轻轻坠落

他实在普通，普通得不能再普通了。他是最普通的一兵，连名字都那么普通：张大。普通得近乎卑贱。他的朋友也和他一样，名字普通，身份卑微：更夫丁三旺，车夫刘喜，他们放在哪里都不起眼，放在哪里都普通。他们本可以和其他普通人一样，静悄悄过完普普通通的一生。

张大，当兵打仗，打完仗回家。

丁三旺，做一天更夫撞一天钟，太平无事。

刘喜，喂好马、驾好车，逗逗女儿疼疼妻，其乐融融。

他们本来可以这样。偏偏张大当兵当的是岳家军，撼山易，撼岳家军难！一切就发生了改变。

做局这种事情，一般跟小人物没啥关系。

你说你一个亲兵营的小兵，卑微如蝼蚁，不过是打仗领军饷，混口饭吃，不战死就算命大。做局，根本不可能，想都没想过。你拿什么做局？要钱没有，要权没有，势力当然也没有。这种事情，光想想都觉得可笑，这不是螳臂当车，不自量力，让人笑掉大牙吗？况且，你张大这样的小兵，既没有身怀绝技，又不是深孚众望，不仅不是，连一个合格的良民都不算。你张大整天郎里郎当，赌钱闲逛，如果不是凭着三舅是副统兵的关系，连亲兵营的小兵也当不上。还想做局？做梦去吧。

再者说了，现在要做的局，事关金人。金人是谁？那是当今圣上宋高宗听了都退避三舍的强人，那是当今宰相秦桧都要暗中投靠的主子，如果他们不怕，怎么会有此秋陵渡和谈？

当此之时，你张大一个大头兵算哪根葱，居然打起了做局这样的主意？还想不想活了？

小兵张大不仅想了，还去做了，而且张大所遇之人，莫不尽心尽力，奋不顾身，跳往助之。乱世之中，边关之地，阴险狠毒的强主秦桧之下，张大和他的小伙伴们以卑微之身举大义。他们用的是荆轲刺秦王的思路。刺秦王，荆轲需要付出生命的代价。接近秦桧，逼秦桧说出岳飞的遗言，必须除掉他最近的三条走狗：何立、武义淳、王统领。张大，采用的是对症下药，各个击破的路数。

杀死金使，偷走密信，嫁祸于王统领。更夫丁三旺利用的是时间差，利用的是孙均的野心。事情暴露后，丁三旺奋力扑向孙均的剑，忠肝义胆，勇于赴死。王统领被顺利除掉。车夫卑微，大义凛然。燃掉的是卑微，留下的是丹心。

皇亲国戚武义淳想坐收渔翁之利，一着不慎，满盘皆输。张大，利用了他与何立之间的嫌隙。这个大头兵也许卑微，可是在底层生活的挣扎同样赋予了他生存的智慧，第二条走狗被铲除。

宰相总管何立，武功超群，阴险狡诈，像极了他的主子秦桧。车夫刘喜，毅然放下对妻儿的牵挂，刺杀何立未果，反遭何立暗算。生命垂危的刘喜暗示张大结果自己的性命，那份决绝再次令张大动容。再厉害的人也有软肋。何立的软肋就是贪婪。张大利用何立的贪婪，铲除了他。

眼见着离目标就要实现，张大所布之局被秦桧识破。张大不惜以生命相搏，唤醒孙均的大义，让《满江红》重见天日。

张大、刘喜、丁三旺，小兵、车夫、更夫，卑微到尘埃，当他们为大义慷慨赴死时，那份铮铮铁骨，重于泰山。

二、红了樱桃，绿了芭蕉

在《满江红》里，瑶琴，是全片的亮色。朱颜风骨，商女亦有担当。

与张大、刘喜、丁三旺们一样，瑶琴也是身份卑微，或者更卑微。她是歌女。"战士军前半死生，美人帐下犹歌舞。"在荒凉的边关，在肃杀的军营，瑶琴跟战士们一样，身不由己，危在旦夕。

瑶琴目睹了国的沦丧，经历了家的破碎。国仇家恨让这个柔弱的女子格外清醒，格外仇恨卖国奸贼。"欲将心事付瑶琴，知音少，弦断有谁听？"当年岳飞于夜深人静之时，在帅帐内诉说自己内心苦闷，他反对议和，力主武力抗金，偏偏皇帝和秦桧力主和议，岳飞心中愤懑，最终弦断人去，冤死风波亭。

岳飞在，复国有望，家仇可报；岳飞去，奸臣当道，屈辱言和。眼见得岳元帅已经冤死四年，国家大权落于秦桧之手，现在秦桧又要与金人和谈，每一个爱国志士都不能容忍。这自然就出现了张大们的义举。

瑶琴是张大心爱的女人。身处战乱与风尘中的瑶琴，是遇到张大以后，才感受到暖意。

"何日归家洗客袍？银字笙调，心字香烧。流光容易把人抛，红了樱桃，绿了芭蕉。"

在张大心里，有一个与瑶琴一起归家洗客袍的梦想；在瑶琴心里，有一个与张大终身厮守、白头到老的念想。那枚张大私藏在身，随时携带的小小樱桃，甜了瑶琴的口，暖了瑶琴的心。

在张大胁迫秦桧的布局里，是没有瑶琴的位置的，张大哪怕自己赴死，也不愿将瑶琴带入险境。

瑶琴如刘喜、丁三旺一样，跳往助之。每一次剧情反转，都是瑶琴胆识过人与魔鬼斗智斗勇的高光时刻。

夜幕笼罩黑黢黢的军营，金人和谈官被杀，密信不翼而飞。瑶琴和柳燕、青梅面对何立、武义淳审查，何立那把镶嵌着红蓝宝石的军刀，寒光闪闪。柳燕先成了荆轲，惨死于何立刀下。瑶琴的家仇簿上又添了一笔，瑶琴内心的愤怒不形于色。她的眼睛不留痕迹地掠过张大，战战兢兢说出王统领的名字，一出请君入瓮的戏码上演成功。何立的眼中，瑶琴是卑微胆怯的，明眼人可见的，却是瑶琴的处变不惊，沉着冷静。

以张大的意思，瑶琴自此就该一边待着去，接近秦桧，与虎谋皮的事，有他张大去做。瑶琴偏不。何立的狠毒，武义淳的威逼，都没有吓倒她。这个何立根本没有放在眼里的女子，自知力量上不是敌人的对手，在谋略上，一直智商在线。手刃奸贼的信念，瑶琴从来没有动摇过，柳燕、青梅的惨死只会让她更加坚定，在秦桧、何立的眼中，她卑微得还不如蝼蚁。可是她的坚定、她的果敢、她的勇往直前，丝毫不逊色于张大、刘喜这些须眉男子。

何立那把红蓝宝石的军刀，始终伴随着何立与瑶琴的博弈。何立永远不会想到自己会死于眼前这个弱女子之手。也难怪何立会轻视瑶琴，面对金人，自己的主子秦桧尚且奴颜投靠，你一个卑贱的歌女，哪来的忠心，哪来的勇气，哪来的胆识？何立之死，不是死于武功，而是死于轻视，死于认知。

当瑶琴最终死于蓝玉剑下，一缕芳魂随风而逝。秦桧惊吓之余，想必还有震惊，"仗义每多屠狗辈"，忠义亦可风尘女，在爱国这件事上，只问风骨，只问情怀，无关身份，无关地位。

朱颜风骨，商女无歌，伊人已去，英气犹存。瑶琴与张大一样，那份位"卑未敢忘忧国"的浩然之气，化作民族魂，化作民族脊梁，见之荡气回肠，回味豪气冲天，久久共鸣，不能忘却，不敢忘却。

三、少年挥剑，将军孤勇

孙均的身份并不卑微，他是大宋的少年将军，亲兵营的副统领。他面冷心硬，杀伐决断，野心勃勃。一直以来，孙均最关心的是个人升迁，获取军中大权。王统领就是他升迁路上的绊脚石，他的外甥张大正是利用了他强烈的权力欲，做成了第一个局。在通往权力之路上，他是个冷面杀手，谁挡道，他就杀谁。他冷血，却不滥杀。面对不同的对象，他的剑也有不同的出法。

对于丁三旺，他有心留个活口，剑架在丁三旺的脖子上，只是照例行使军法，以儆效尤。丁三旺刚烈，主动靠上孙均的剑，等同于樊於期自献人头，三旺之死，与孙均无关。

对于金人翻译官，如果留之，日后随意攀咬，就会置孙均于险地，在张大的点醒下，孙均一剑结果了他。如果张大不提醒，孙均不会杀死他。

对于王统领，孙均杀其之心久矣，只缺一个理由。丁三旺说是受了王统领的指派，等于给孙均一个杀王统领的机会。于是，孙均连调查都不调查，手起剑落，径直取了王统领的人头，取而代之，当上了亲兵营的统领。

如愿以偿的孙均，仕途一片光明。张大的局中局似乎与他没有关系，至少人们不会把他与张大这些人联系在一起。事实上正好相反，孙均，恰恰是最终促成大局的那个人，这并不是极度反转，一切都是有章可循的。

冷面如孙均，似乎百毒不侵，可是他也有软肋，他也有痛处，那就是：他十分忌讳被人看成是秦桧的走狗。忌讳什么，其实就是排斥什么。这排斥，就是孙均对秦桧投降卖国行径的极度不认同。只是，抗金爱国如岳飞将军遭受冤屈，让孙均不敢反秦桧，也不相信反得了秦桧。孙均心里爱国的火苗一直都在，他自己浑然不知。而张大却了然于心。

张大看到了孙均持剑对着丁三旺的犹豫，看到了孙均冷面之下对瑶琴的保护，也感受到了在何立威逼之下孙均对自己行刑时的假戏真做，连同那个雪夜里孙均寂寞的背影，让张大敢于拼死托付。

身处军营，久经官场，大人物的卑劣算计、大人物的贪婪自私，令孙均心冷，令孙均绝望。然而，当他目睹丁三旺的向剑而行，目睹刘喜的从容就死，目睹瑶琴在秦桧面前的拼死一搏，小人物明知不可为而为之的慷慨大义、忠诚决绝，点燃了孙均心灵深处的火苗。此时，张大纵身一跃，以生命相护，孙均被彻底唤醒。小火苗化作一腔孤勇，孙均接过了张大的接力棒，走向秦桧。

一切都是那么不可思议，一切又都在情理之中。有的人活着，他已经死了；有的人死了，他还活着。在岳飞将军冤死四年之后，《满江红》重见天日。

当《满江红》的词句响彻云霄，孙均将功名抛向尘土，八千里路云和月抒写着一个声音：将军不死，忠义千秋。

《漫长的季节》：女人，你的名字是弱者？

一、两个妈妈

《漫长的季节》里有两个妈妈：罗美素和李巧云。都是妈妈，两个人的命运不同。

美素长期患病，是个药罐子。她的心脏安装了支架。花了几万块钱医药费，厂里一直拖着，不给报。她感觉是自己拖累了这个家庭，心里有说不出的歉疚。她不愿在家闲着，悄悄接毛活贴补家用。王响怕她累着，劝她歇歇别织，她不听，继续织。初看，美素是个贤妻良母，对丈夫言听计从，对儿子百般呵护。细细端详，她是个特别用心的妈妈。

王阳待业，王响只知道催儿子去上高考补习班复读，王阳不愿意，父子俩关系有点紧张。美素也希望儿子有个好前程，她一方面温言软语让丈夫找厂长想办法给儿子安排工作，为此，她翻出了二十年前结婚时老父亲送给他们俩的五粮液，催王响给厂长送去；一方面，她耐心地告诉儿子，他们在钢厂生活的这辈人，头上仿佛有个圈，习惯了被安排，一旦失去了安排，不在圈内，就失去了生活的方向，不知所措了。王阳听了，似有所悟。

美素第一个发现了孩子的异样。当丈夫把儿子找回家，和她一起把孩子绑在床上时，她觉得丈夫做的是对的。可是她又舍不得孩子被绑。丈夫刚刚出了门，她就悄悄卧了两个荷包蛋给儿子送去。这一送，就让儿子钻了空子，反而把美素反锁在屋里，这就断送了儿子的命。如果美素知道这是与儿子的最后一面，她无论如何都不会放儿子出去，拼死也要留住儿子。儿子去世以后，美素的心全空了，她自责，她生无可恋，一根绳子结束了生命，追随儿子去了。

巧云也是孩子的妈妈，她在厂里当司磅员，丈夫跟在王响后面在火车上工作。厂里摇摇欲坠，为了生活，丈夫被迫和其他人一起把厂里的物资拉出去卖。巧云明知不对，又不敢说，她诚实的眼睛出卖了她。最终，她和丈夫都没有逃脱下岗的命运。丈夫腿脚不便，儿子患了白血病，日子还得过下去。巧云只好来到维多利亚陪酒。可是，年岁大了，也没有什么人点她陪酒，她又不能回去，她拿起电话，对话筒那头的孩子唱起了儿歌："一闪一闪亮晶晶，满天都是小星星……"唱着唱着，巧云的眼里噙满泪水。孩子最后也没能留住。几年后，丈夫患病离世。

孤苦无依的巧云学了推拿手法，开了一间小小的按摩店。退了休的吴老师对巧云心生情愫，主动示好。可是巧云属意王响。此时王响心心念念的都是追查真相、追击凶手，要给儿子一个交代。王响想向巧云了解当年维多利亚的情况，却被巧云误解成王响嫌弃她陪酒的经历。眼见得巧云被吴老师穷追不舍、几欲成功，旁人都为王响着急之时，巧云知道了实情，离开了条件优渥的吴老师，与王响走到了一起。

两个妈妈，为了孩子，都是全身心付出，无怨无悔。不同的是，巧云，付出时全盘付出，付出后还有自己，合乎人性，无可厚非。

二、红与黑

红是殷红，黑是沈墨，《漫长的季节》里面的两个女孩。

沈墨是女主。九岁那年，父母在事故中双双身亡，她和小一岁的弟弟成了无父无母的孤儿，去投靠大伯沈栋梁、大娘赵静。赵静嫌弃弟弟是哑巴，把沈墨的弟弟送给了别人家，那家后来有了自己的孩子，弟弟又被送到了福利院，姐弟俩被生生拆开。小小的沈墨来了不久，就受到大伯的侵犯和虐待，而大娘赵静视而不见、听而不闻，从不阻止。沈墨没有还手之力，唯一的愿望就是考上大学，离他们越远越好。沈墨考上了桦城医学院。课余她在维多利亚酒店弹钢琴勤工俭学。她以为自己从此可以过上自己想要的生活，然而，沈栋梁很快把魔爪伸到了这里，想继续控制沈墨，在遭到沈墨反抗时，沈栋梁更变本加厉，拍了裸照和匿名信寄到医学院，让沈墨受到不白之冤，遭到同学的歧视和冷落。

此时的沈墨虽然万念俱灰，却没有动过杀念。殷红算是沈墨在维多利亚的同事，两人却从未有过交集。在殷红看来，她和沈墨是两个不同世界的人，她羡慕沈墨拥有的一切：大学生，会弹钢琴，长得漂亮，有人喜欢；殷红每时每刻都想变成沈墨那样的人。可是，殷红就是一个陪酒女。一次，她喝醉酒下班途中被公交车司机赶下车，同坐一辆车的沈墨把殷红带回了家，细心照顾。

港商卢文仲对沈墨垂涎已久，他让殷红为他和沈墨创造机会。殷红本以为自己已经是飞上枝头的凤凰，却原来不过是卢文仲想接近沈墨的跳板。一时间，嫉妒充斥着她的头脑。她约来沈墨在小酒馆吃饭，向沈墨和盘托出自己的身世：单亲家庭，母亲煤气罐爆炸烧伤后自杀身亡，一个人苦苦挣扎着生活。殷红以为沈墨也会坦诚相待，说出自己的心里话。她不知道的是，沈墨是无法将自己受到沈栋梁掌控的一切说出口，沈墨说："你的苦可以说，我的却不行。"殷红把沈墨的反应当成瞧不起自己，原本动摇的心一下子硬了，她往沈墨的酒里下了药，然后，给卢文仲打了电话。

醒来后的沈墨无法理解殷红所做的一切，更憎恨卢文仲的所作所为。恰在此时，弟弟被街头混混打得遍体鳞伤，王阳被卢文仲和手下侮辱欺负，忍无可忍的沈墨约出了卢文仲。被擒的卢文仲并不老实，叫嚣说绑架自己会给沈墨带来灭顶之灾。闻听此言，沈墨杀了卢文仲。

几天后，殷红来找沈墨，想分一杯羹。起初，沈墨没有杀念，在殷红一贪再贪，步步紧逼的情况下，沈墨杀了殷红。

沈墨彻底黑化了，可是，观众对沈墨没有恨意，却有无限的惋惜。弟弟因为沈墨锒铛入狱，王阳因为沈墨，不幸溺水身亡，往后余生，沈墨也生活在阴影里，漆黑一团。然而即使这样，沈栋梁还不想放过沈墨，十八年后，发现沈墨下落的沈栋梁，企图用套牌车撞死沈墨，未果。沈墨忍无可忍，手刃沈栋梁，结果了赵静。

沈墨在沉默中爆发，又在沉默中消亡了。

三、她，是不是绿茶？

黄丽茹这个女人，很难用一个词去概括。

《漫长的季节》里的女人不少，黄丽茹不像罗美素、李巧云一样，事事时时都以丈夫、孩子为主，她不是传统意义上的好女人，不仅不好，还浪。这浪，是周围人对她的评价，用她表姐罗美素的话来说，就是打娘胎里出来就不安分，美素非常不待见这个表妹。

丽茹知道表姐不待见自己，看到表姐没钱拿药，依然找同事帮表姐拿到了药，结果还被表姐反问有没有被人占便宜。

黄丽茹是桦钢厂医院的护士，大波浪卷发扎成一个松松的马尾，白色护士服下面露出一截裙子的彩色，脚穿一双红色高跟鞋，走路一阵风，一笑两个酒窝，眼波流转，百媚顿生，风情万种。在厂办工作的大学生龚彪对她一见钟情，央求黄丽茹的表姐夫王响为他牵线搭桥。

黄丽茹和厂长宋玉坤的事情被宋玉坤的老婆发现了，到厂医院大闹。

黄丽茹不动声色地让龚彪当了接盘侠，可是在与龚彪相处的过程中，她看到了龚彪的真诚，决定不再与宋玉坤来往。龚彪从别人口中得知了真相，怒不可遏的他在职工大会上冲上主席台教训了宋玉坤，这样做的代价是龚彪成了第一批下岗人员。

原以为，这只是一个小小的挫折，可是，龚彪的事业再也没有新起色。

龚彪与黄丽茹结婚了，不能生育的黄丽茹与龚彪一起过日子。十八年过去了，龚彪不再是风度翩翩的大学生，他和表姐夫王响对班开出租车，回到家里，啥都不干，什么家务都不做。厂子没了，黄丽茹做不成护士了，她靠在家帮人家做医美赚钱。日子久了，也攒下了十几万元的私房钱。结果，被龚彪偷偷拿去买了车。黄丽茹开美容店的计划泡汤了。

黄丽茹这才发现，龚彪虽然不嫌弃自己的过去，但过日子真不是好手，饭来张口、衣来伸手，还时不时跟附近药房的小姑娘来点小暧昧。即使家里有上门做美容的客人，龚彪依然把电视声音开得大大的，看足球、喝啤酒，让客人不胜其扰，龚彪自己还浑然不觉。十八年的付出，转眼之间，钱打了水漂，黄丽茹提出了离婚，她技术入股，准备与郝哥一起开美容院。

王响看到二人闹矛盾，想劝劝黄丽茹，结果，黄丽茹呛王响："我们的事姐夫掺和得还少吗？"言外之意，走到这一步，全是拜王响所赐，王响无言以对。

净身出户的龚彪为黄丽茹做了仅有的一次饭，他把房子和家具都留给了黄丽茹，离了婚的黄丽茹并没有觉得轻松。

几天后，龚彪溺水身亡，黄丽茹一边为他擦拭，一边失声痛哭。

漫长的季节，龚彪失去了生命，丽茹失去了家庭。再回首，泪眼蒙眬。

《漫长的季节》：漫长的人生，漫长的等待

一、三个男人一台戏

日前刚刚播出的电视剧《漫长的季节》落下帷幕，豆瓣评分高达9.5分，高开炸走，超过《琅琊榜》《甄嬛传》《父母爱情》，位居榜首。

桦城出租车司机龚彪，偷偷拿了老婆存的十五万元钱，买了一辆套牌的二手车作出租车。表姐夫王响发现了这辆车的猫腻，由此牵扯出十八年前悬而未决的碎尸案。王响为了给去世的儿子一个交代，找来了当年的刑警队队长马德胜。追凶三人组由此产生。时隔十八年，三个男人再度聚首。再聚首，早已不复当年的模样。

当年的王响，子承父业，是桦城钢铁厂的火车头司机，响当当的八级工。每天上班时，他拉响的第一声汽笛，就是他唱给钢厂、唱给生活的颂歌。桦钢是小城的中心，王响的火车头是钢厂的中心，八级工王响意气风发。

一夜之间，工厂改制，意气风发的王响成了第一批下岗职工。这时，他的家庭中的另外两个成员情况也不好。妻子美素体弱多病，心脏装了四个支架，医药费一直没有着落。儿子王阳高中毕业，高考落榜，待在家里。一时间，王响内外交困。有人给王响出主意，争取有突出表现，让厂里另眼相看。

此时，厂里发生了一桩碎尸案，以厂为家的王响以治安积极分子的身

份，配合刑警队长马德胜，提供线索，他期望以此能让自己留在厂里，他更希望，儿子王阳能安排到厂里，从此结束待业的日子。然而，事与愿违，王阳被莫名其妙卷进了碎尸案里，死于非命。王响的妻子美素，承受不了丧子之痛，上吊自尽。转眼间，王响成了孤家寡人，他万念俱灰。就在他准备卧轨自杀时，一阵婴儿的啼哭声，将王响从死亡线上拖了回来。他抱起弃婴回家。他成了一名出租车司机，一边抚养孩子，一边寻找杀害王阳的凶手。他，开启了漫长的追凶之旅。如果要给王响的生活确定一个中心词，那就是家庭。

十八年前的龚彪，是刚刚从工大毕业的大学生，在厂办工作，前程似锦。他喜欢上了美素的表妹、貌美如花的护士丽茹。就在他准备与丽茹结婚时，外面风传厂长与丽茹的闲话。龚彪闻言，怒从心头起，勇向胆边生。他不顾一切，冲进职工大会现场，把拳头挥向厂长。结果，龚彪就出现在下岗职工的名单之列，大好前程也灰飞烟灭。他无怨无悔，依然如期与丽茹结婚。十八年过去了，翩翩少年变成了大腹便便的油腻男，与表姐夫王响一起开出租，偶尔，还与丽茹以外的女人关系暧昧。龚彪的中心词是爱情。

马德胜身上隐隐约约写着两个字：事业。如果不是碎尸案，马德胜不会与王响和龚彪发生交集。他时刻以破案为己任，风传碎尸案的受害者是沈墨，马德胜的眼里就只有沈墨，他太想为沈墨伸张正义了。以至于其他案件他都视而不见，局长提醒他之后，他羞愧难当，主动辞职离开。这个案件，十八年来，也一样牵扯着马德胜的心，他过不了这个坎。

二、一个父亲的自我救赎

在1998年之前，王响是头顶着光圈生活，或者说，他自认为头顶上有光圈罩着。你看，他是1990年的劳动模范，年年被评为先进，还是厂里的治安积极分子。当初桦城钢厂初建之时，奠基的第一锹土，就是他们家老爷子挖的。他子承父业做了火车头司机，一干就是三十年，他的一切早已与桦钢厂连在了一起。厂荣我荣，厂衰我悲。王响早已把自己看成了桦钢的一部分，他自己是工二代，他希望他的儿子王阳是工三代，如此，传承下去，子子孙孙无穷匮也。

美梦尚未成真，他自己就出现在第一批下岗人员的名单上，他难过啊，百思不得其解。他不明白昨天厂长还号召全厂工人向自己学习，怎么说翻脸就翻脸，转眼自己就要下岗了呢？

本来，王响的想法很简单：在厂里好好工作，享受做劳模给自己带来的荣光；在家里做家长，守着老婆孩子，像他的名字一样，响亮亮，红红火火过日子。

在家里，王响跟许许多多传统的男人一样，明明极其疼爱妻儿，偏偏一直端着，他没有耐心听妻子唠叨，也不能容忍孩子不听自己的安排，到酒店去做服务员。他自己是个工人，东北重工业基地，以共和国长子自居，王响这个钢厂的火车头司机，简直就是以共和国嫡长子自居，他对服务员这个工作，充满了没来由的轻视。对儿子写诗的爱好，同样以合辙押韵为标准，指手画脚，不以为然。在他的内心深处，儿子就是他自己的一部分，理应由他安排。他的妻子美素也认同他的"大家长"意识，对儿子常说的话就是："你爸是为你好。"即使王响大庭广众之下，打了儿子之后，美素还是这样说，而且是由衷的。

带着这样的认知，面对儿子时王响是居高临下的。儿子跟他之间，有着深深的隔膜。对此，王响是知道的，也是不以为然的。他在想，我做老子的，打你一下又咋地？

来日方长，儿子会慢慢理解自己的。

可是，来日并不方长。明天没有来，意外先来了：儿子不明不白死在了小凉河，妻子自尽随儿子而去。

他，没了妻儿，没了工作，没了一切，他王响再也不能响亮亮生活了。不，他再也不能生活下去了，他的世界坍塌了。卧轨自杀，是彼时的王响唯一的选择。

弃婴的一声啼哭，将王响唤回，也给了王响重新做父亲的机会。王北，仿佛就是上苍派来让王响再活一遍的天使。

在漫长的十八年里，王响对王北的爱充满耐心和尊重。同样是热爱艺术，他对王阳写诗是嘲讽的，王北画画，王响十二万分的支持，还引以为豪。同样是做服务工作，对王阳，他是不屑的；对王北，却是接受的。至于说话，他对王阳，常常是贬低呵斥，对王北，温言软语，不疾不徐，甚至是幽默风趣的，偶尔，还会制造一些搞笑的桥段，让父子的相处惊喜不断。你很难说，那时候，王响的言行是在对王阳还是对王北，或者说，他把对王阳的无限思念和心中歉疚，全部弥补在王北身上。他用这样的方式，诉说着对王阳的思念，表达着对王阳的万分歉疚。

然而，在王响看来，做了这些还不够，他最大的心愿，就是给王阳一个交代，他不相信儿子杀人，也不相信儿子自杀，他要找出儿子去世的真相。

十八年后，龚彪买的套牌车，给他提供了线索。他，王响的生命力爆发了。他，以父亲之名，拖着疲惫不堪的病躯，顺藤摸瓜，抽丝剥茧，终于找到了那个人，是一个他无论如何都想不到的人——沈墨，他要与沈墨同归于尽，他要给儿子一个说法！

果真，如他所想，王阳没有杀人，王阳也不是被杀，王阳，他王响的儿子，是为了救人而死！

在出租车坠地失火的那一刻，王响听到了答案。这答案，印证了王响对儿子的推断，王响十八年来坍塌的世界一下子复原了，他的儿子，他王响的儿子，如他的名字一般，纯洁干净，阳光灿烂！那一刻，十八年来从来不曾安宁的灵魂，一下子安静了，轻松了，释然了。十八年，他给了儿子交代，他的爱从不曾离开!

再回首,恍然如梦;再回首,父爱依旧!

三、定格在微笑的那一刻

龚彪的最后一个镜头面带微笑,失控的出租车飞向河边,他的人生在那一刻定格。

十八年前,龚彪是天之骄子,90年代的大学生,从大城市沈阳分到了桦钢厂的厂办,如果没有体制改革,他不会下岗。即使改制,下岗的也不会是他。偏偏这个天之骄子长着一个恋爱脑,他遇上了王响的妻表妹、护士丽茹,对她一见钟情。

因为丽茹,他丢了工作,十八年后,我们看到的,是一个大腹便便,每天要打胰岛素的出租车司机龚彪,偶尔还会说两句弗洛伊德,说两句《梦的解析》。家里有个丽茹,还跑到药店里跟小姑娘献殷勤。本来他与表姐夫王响对班倒开着出租车还可以安然度日。可他偏偏不安分,偷了丽茹准备开店的钱,买了一辆浸过水的车,麻烦就此上了身。一张大学文凭,没有增长他的能力,反而养成他眼高手低、自以为是的习惯。

十八年前,他不了解情况,一头扎进丽茹的怀抱,做了接盘侠;十八年后,他依然不调查研究,稀里糊涂买车,花光家里仅有的积蓄,把自己和丽茹逼到了绝境。他真的就是干啥啥不会,吹牛第一名,百无一用一书生。

龚彪是秦昊扮演的,十八年前的龚彪与秦昊一样,年轻俊朗,玉树临风,目光炯炯,前程似锦。十八年后的龚彪,满身油腻,满嘴跑火车。唯一没变的是,龚彪脸上的微笑。对于自己遇到的一切,龚彪从来都没有埋怨。

当初,知道丽茹的事,他首先想到的是教训厂长,不计后果,男人的血性杠杠的。丽茹不能生育,他依然和她在一起,他说:"不能养孩子,咱就养鸽子。"他真的就在公共区域养了一群鸽子,做着通过鸽子发家致富的梦。

哪怕是买车，他也是想改善家里收入，只不过没有火眼金睛，又做了一次接盘侠。他从来都没有坐以待毙，只不过能力差点，运气差点。生活的残酷，没有让他丢了自己的梦，依然笑嘻嘻，穷横穷横的。

看到丽茹与合伙人在一起，脸上露出久违的灿烂笑容，龚彪不仅不怪丽茹，反而选择把房子和家中的一切都留给丽茹，净身出户。因为，当初，吸引他的，就是这笑容，只要这笑容能重新回到丽茹脸上，让他付出什么，他都愿意。

大概老天爷也觉得对龚彪太残酷了，终于让他有了一次好手气。他买的彩票中大奖了，美好的一切展现在龚彪面前，他光顾看彩票，前面的大货车没有看见，躲避已然来不及，他带着微笑和那辆出租车一起进水了，生命就此戛然而止。

丽茹匆匆赶来，为龚彪收拾，送龚彪最后一程。直到这时，丽茹才明白，世界上最爱她的人一直就在她身边，他想把世界上最好的一切给她，可是当梦成为现实时，跟你分享美好的那个人却不在了，生活就是这么残酷。

龚彪本人与碎尸案没有关系，他既不是加害人，也不是受害人，他的生活里，除了下岗，没有遇到过大事。可是，生活的残酷，不仅夺去了他的工作、他的健康、他的幸福，更夺去了他的生命。这漫长的季节，就是漫长的人生，究竟该怎么过？

再回首，云遮断归途。再回首，恍然如梦。

四、老马识途

当年这桩案件，没有走出来的不只王响，还有马德胜。

因此，当王响、龚彪为套牌车找到马德胜时，他二话不说，帮忙。可是当套牌车有了眉目时，这个90年代的老刑警队长，凭着职业敏感，发现他们另有目的。

对此，王响不再讳言，儿子去世这根扎在心里的刺，伤口到现在都没愈合。一直隐忍的王响，终于对着马德胜爆发了。马德胜一下子回到了那个他不愿面对却又无法忘记的年代。

碎尸案发生之后，对于沈墨的遭遇，他很震惊，强烈的正义感驱使他穷追不舍，发现沈栋梁疑点很大，可是朱局让他放下此案，调查卢文仲失踪案。马德胜破案心切，连夜赶到沈栋梁家，反被沈诬陷警察打人。马德胜的手下李群迎合朱局，匆匆结案，把王阳定为自杀。李群因此被嘉奖提干，十八年后，成了分局局长。刑警队长马德胜却被停职检查。李群自知理亏，多年以后，坦言，这个案子亦是他的心结。可是，说归说，李群并不同意马德胜调看当年的卷宗。这，阻挡不了马德胜彻查此案的决心。

十八年后，这个退休的老刑警队长带着两个出租车司机踏上了追凶之路。这条路，走起来倍加艰难。体力上，两个搭档都身患疾病，力不从心，蹲个点，龚彪都不能坚持，王响也对这种守株待兔的战术心存质疑。

而且每推进一步，马德胜都会受到李群明晃晃的警告。

另一方面，他们面对的是一个智商超群、仇恨已久的对手，当他们快要接近真相时，沈栋梁又被先他们一步的对手杀掉。

此时，马德胜失去了去市里参加拉丁舞比赛的机会，王响的女朋友离他而去，龚彪与黄丽茹离婚、净身出户。三个失意落魄的老男人围坐在歌厅里，彻夜高歌，倾诉着心中的彷徨。歌声中，马德胜突发脑梗，被王响送进医院。

同室病友拿暖瓶的举动，让马德胜又想起沈栋梁昔日对沈墨的所作所为，唤醒马德胜尘封已久的记忆。他想起了自己身为一个刑警队长的使命，他，马德胜要回局里去，继续他的破案工作。王响阻拦不住，只好拿来镜子为他捯饬收拾。就在马德胜凝视镜子中的自己的一刹那，灵光乍现，他立刻赶到局里，对李群讲起了捕快的故事，案情至此真相大白，一切证据链都对上了号，案子破了，凶手浮出水面！李群握着马德胜的手，轻声说道："马队，还是你行！"

轻轻的四个字，对马德胜却意义非凡，他的眼前出现了幻觉，他问："朱局，这案子算不算是破了？"

说完，他哇哇大哭，仿佛一个孩子。或者说，那时候，他就是一个孩子，他怀着孩子般的初心，对刑警工作，对他经手的每一个案子。为了这份初心，他全身心地投入在工作上，放弃了休息，放弃了生活，甚至，和妻子相约丁克，连孩子都没有要。如今，病妻去世，自己患脑梗，孑然一身的他，依然没有忘记案子，没有忘记给受害者一个交代。

这匹老马，依然识途。

再回首，恍然如梦；再回首，我心依旧。

《平凡之路》：小镇来的孩子

《平凡之路》中的潘岩是出生于小镇的孩子，普通大学毕业的他留在大城市打拼。在女朋友的表姐左娜的推荐下，他来到一个名为"荣柯"的小律所面试。律所刚刚遭遇到一场人事地震，一众实习律师被集体挖到楼上的大律所。左娜因为讨厌背叛，留在了律所。高级合伙人杜宇飞律师留下了潘岩，由此，开启了小镇青年潘岩的职场之路。

上班第一天，潘岩就主动留下来加班，不仅出色完成了左娜布置的任务，发现左娜通宵加班，手机留在了办公室，立刻追到客户的公司，机智地加了客户的微信，还主动帮助客户处理碰瓷问题，加深了客户的好印象，为左娜成功说服客户加了分。应该说是一个职场开门红。

此时，节外生枝，没有被大律所录取的牛津学霸舒一南赌气到荣柯面试，杜律要赶走潘岩，留下舒一南。后来因为主任发话，潘岩才留了下来。这是潘岩初遇不公。

接着，潘岩又帮助人机分离的杜律接了客户的电话，及时处理突发情况，受到客户的高度好评。不明就里的杜律又要赶走潘岩，任凭潘岩如何解释，还是要辞退。情急之下，潘岩对杜律说："公平公正、有序美好，你一样都不具备。"杜律愣在那里。舒一南和左娜向杜律说明了潘岩所做的一切，杜律撤回了决定，主动向潘岩示好。

潘岩没有往心里去，又全身心投入工作。

踏实、勤奋、皮实、情商高，小镇青年潘岩从一开始是被杜律赶走的对象,到后来成为杜律指定的助理,潘岩的付出有目共睹。支撑他迈出坚实步伐的是他的家庭。

他的原生家庭并不光鲜亮丽,他的父母离异,他一直与母亲相依为命。为了支持他的学业,他的母亲唐美艳也离开小镇,到大城市开网约车陪伴儿子。母子俩的生活非常简朴。狭窄出租屋里一张上下床,一张小饭桌,差不多就是他们的全部家当。这一点都不妨碍他们的生活充满阳光。唐美艳永远给孩子充分的尊重,充分的信任,充分的自由。在儿子遇到困难时,她永远无条件地支持。当网约车的客人诋毁潘岩时,她毫不犹豫让他下车,哪怕被投诉丢了工作也绝不后悔。她反而劝儿子:"人挪活、树挪死,换了一个工作只会更好。"

因为有这样的母亲支持,潘岩得到了满满的爱,职场之路上再艰难也坚定从容。

成为实习律师的潘岩,对母亲充满理解与包容,有时甚至可以说是宠溺。在得知父亲当年错误担保赔钱,为了不连累他们母子而选择离婚时,他做了两个决定:一是父亲的欠款今后由他来还,二是鼓励母亲与父亲约会,破镜重圆。

在他的关心下,父亲卸下了所有包袱,母亲也可以自由做自己,最终二人复婚。

小镇青年潘岩的职场奋斗之路,虽坎坷,却真实,没伞的孩子靠自己一步一步努力的样子,温暖动人。

《觉醒年代》：一个人的心胸可以有多宽广

心有多大，舞台有多大。心有多大，为他人搭建的舞台就有多大。前者需要独善其身，相对容易；后者关乎兼济天下，殊为不易。用在蔡元培身上，正好。

蔡元培1868年出生于浙江绍兴。他四岁就进家族私塾读书。光绪年间，十六岁的蔡元培开始参加科考，到二十五岁，秀才、举人、进士，蔡元培一一收入囊中，二十五岁担任翰林院庶吉士，两年后由庶吉士升为翰林院编修。这庶吉士相当于中央的选调生，是朝廷重点培养对象，提拔非常快。他有着最扎实的传统国学底子，是科举考试最出色的士子，蔡元培的前程一片大好。

这时，甲午中日战争爆发，中方失败。蔡元培目睹清廷的腐败，非常失望。

翰林爱国，不打诳语。蔡元培和志同道合的人士一起秘密研制炸药，准备刺杀慈禧，后来事发暴露，短暂的刺客生涯就此结束。他认为国家落后的原因在于缺乏革新人才。他辞官从教，开始投身高等教育。他的第一站在上海，担任南洋公学（即今天的上海交通大学）特班教习。

1902年，蔡元培在上海成立了中国教育会，自任会长。他创办了爱国学社，收留南洋公学退学学生，学生在这里学习不交学费，教师教书不拿工资。一时间，这里成为先进思想的民主堡垒。1904年，他又在上海成立了光复会。到了1905年，孙中山成立中国同盟会，蔡元培任同盟会上海分会会长，是孙中山最得力的助手之一。

1907年，在近40岁那年，已过四十岁的蔡元培来到德国莱比锡大学，当了学校里年龄最大的中国留学生。四年后，学成回国。因此蔡元培对西方有着系统和深刻的认识。学贯中西，是对他的学问，最为贴切的形容。

适逢辛亥革命爆发，中华民国临时政府成立，蔡元培成为首任教育总长。其间，他颁布了《普通教育暂行办法》，制定了我国现代高等教育第一个法令:《大学令》。就在这个时候，他聘用绍兴同乡鲁迅来教育部工作。

袁世凯窃取国权，蔡元培愤而辞职，带着一家老小去法国研究学术。他编撰了不少哲学、美学著作，为我国的美学、哲学、伦理学研究奠定了基础。

1916年年底，蔡元培受命回国，次年担任北京大学校长。从此，开始了他"思想自由，兼容并包"的治校生涯。他认为，大学要做好两件事:一是引导，对学生的引领;二是服务:为学生服务，为教师服务。他提倡学术研究，推行教授治校。为此，他奔走呼吁，不拘一格，到处网罗人才，担任北大的教师。一些众人眼里有独特个性的学者专家走进北大，走上了北大讲台。

梁漱溟高中毕业后，潜心钻研佛学，在报刊上发表了不少佛学研究文章。这给蔡元培留下了深刻的印象。为此，蔡元培聘请梁漱溟来北京大学任教。梁漱溟自己连大学都没有上过，现在却要他来最高学府做教师，他非常惶恐。他说出了自己的担忧。蔡元培指着他写的文章说，在这个领域，国内又有多少人比你更了解、更有研究呢。梁漱溟不语。在蔡元培慧眼肯定之下，梁漱溟这个高中生成了北大教授。北大七年，梁漱溟写出了《印度哲学概论》《东西文化及其哲学》。后者曾经连续再版多次。

梁漱溟尚有一个高中文凭，刘半农连中学都没有毕业，是一个鸳鸯蝴蝶派小说家，创作的大量小说风靡一时。他同样被蔡元培聘请到北大担任教授。同时蔡元培还清退了不合格、混日子的外国教授。

　　蔡元培在北大有五公开：课堂公开，有无北大学籍都可以来听课；图书馆公开，随便进出；浴室公开，淋蓬头永远有热水，随便洗；体育场公开，球可以随便踢；食堂公开。一些无缘北大的年轻人因此受益终身。在旁听生中，就有大名鼎鼎的毛泽东。

　　最明显的还是学术自由。当时的教授中，既有推广白话文的钱玄同，也有推崇魏晋风流的训诂大师黄侃；既有推广杜威哲学的胡适，也有梳着长辫子的国学大师辜鸿铭，一时百花齐放，百家争鸣。包容不同思想，捍卫学术争论。北大因此诞生了一大批名垂千古的学术大师。蔡元培既不是第一个担任北大的校长，也不是在任时间最长的北大校长，但是他"思想自由、兼容并包"的办学思想带来了学术的繁荣和深远的影响，因此他被称作"北大之父"，他的名字永远与北大连在一起，永载史册。

《亲情无价》：爱的奉献

由梅丽尔·斯特里普主演的电影《亲情无价》一开始，向我们展示的是一个幸福的四口之家：父亲乔治，大学教授，系主任，著名作家；母亲凯特，家庭主妇；姐姐艾伦，哈佛大学毕业，正在实习；弟弟布莱恩，正在上学。每个人按照自己的节奏，各自在自己的轨道上运行着，维持着一个和谐稳定的家庭关系。艾伦此时在纽约的一家报社工作。作为一名记者，她正在跟进一个重要采访，她拼命三郎的性格，把工作看得比什么都重要。这一天，她带着闺蜜回家，参加父亲的生日化装舞会。

母亲凯特把家里打理得井井有条，美丽温馨的环境让每一个来宾都兴致勃勃。人们以为她不过是跟往年一样，给丈夫举办生日 Party，关注每一个孩子的需求。平静被凯特的癌症打破了。乔治要求艾伦放弃工作回家照顾母亲，而他自己继续着以前的工作，他不愿为妻子请一天假。

生病以后的凯特只要神志清醒时，总是面露微笑，神采奕奕。在她眼里无关大爱，一切都是生活。凯特想像所有的贤妻良母一样，继续操持家务，继续照顾丈夫和孩子。可是病魔摧残着她的身体，摧残着她的精神，令她痛不欲生。回归家庭的艾伦并不擅长家务，她的心在纽约，在她的工作上。对于父亲要求她放弃工作回家照顾母亲这件事，她十分不满，她不明白，父亲可以若无其事继续以往的生活，却不愿为母亲付出，对此，艾伦无比愤怒，对父亲充满怨怼。凯特如同家庭的园艺师，修饰着这个家一切的不完美、不美好，她任由这些荆棘刺丛将自己扎得满身创伤。

她拖着病躯，强打着精神对女儿说："没有一件关于你父亲的事，是我不知道的。而且很明白，懂吗？当你结婚久了，你会开始让步。那是开始时你无法相信自己会做的事，当你年轻时你会说，我绝对容忍不了。"

"但时光飞逝，亲爱的，当你们共枕了上千个夜晚；当你们因为孩子生病而满身脏物；当你们看到彼此的身躯老化松弛；在某些夜晚你会想我绝不再忍受多一分钟！但是，你会在早晨醒来，厨房会飘着咖啡香，孩子自己梳好头发，你会看着你丈夫，他并非你想象的那样，但他是你的生命！"

"你的孩子，你的家，全都依赖于他！那是你的生命，也是你的经历！"

"如果将他除去，就像把他的脸从照片上剪去，只会留下一个大洞，并破坏一切！"

"你可以严厉，艾伦！你也可以批判！只有这两项就足以让你永无宁日！"

凯特的话令艾伦无比震撼。看着母亲被病魔折磨得那么痛苦，艾伦非常心疼。母亲去世后，女儿和父亲都以为是对方结果了凯特的生命，真相大白后，才知道是凯特自己凭着非凡的意志，自我了断。他们都意识到，这么多年的岁月静好，都是因为凯特的默默付出。

他们在凯特的墓前原谅了对方。

乔治对艾伦说："我爱你的母亲！我想我将永远爱着她，因为她可以做任何事，照顾家，照顾我们。把一切都弄得又美丽，又温暖。我只想到她对我的意义！"

"我的灵感女神！我美丽的妻子，是我拥有的最真实的！"

"当然是她！还有谁有如此的力量！"

每个岁月静好的家庭背后，都有一个凯特在负重前行，母亲，或者父亲。

《飞鸟与射手》：星光不负赶路人

这两天我在读简书一位作者吾心安处的第二本书《故事里的事》。这是继散文集《故乡的滋味》之后，作者的最新力作。

吾心安处在线下是公务员，是为官一任、造福一方的那种。前几年，他分管的农业成绩斐然，中央电视台曾对此作了专题报道。

最初读到他的作品，是在大型原创文学平台《人民作家》上。彼时，吾心安处与我区作协主席冯晓晴老师、中国作协会员吴瑛老师、江苏省教学名师江兴林老师一起在《人民作家》上开设了名家专栏，我每期必看。他写的《难忘的露天电影》，初读，就令人惊艳：白幕布，晒谷场，观影的人群，兴高采烈的孩子，作者如数家珍，用质朴的文字展现了露天电影留在人们心中的美好印迹。朗诵者娓娓道来，配乐者精心选曲，珠联璧合，给人很美的艺术享受。

吾心安处在工作、生活间自由切换，完全是一副"我见青山多妩媚，青山见我应如是"的做派。"问渠那得清如许，为有源头活水来"，2018年9月底，盐城人也能喝上长江水了。《人民作家》的读者们早就从吾心安处《遇上你是我的缘》中知道了宝应，知道了氾水，家乡人民沉浸在"同饮一江水""两地一家亲"的喜悦中，吾心安处一手写文，一手为民造福的形象也愈加清晰了。

近年来，吾心安处的作品第一时间发表在简书上。简书伯乐慧眼识才，不到一年半的时间，吾心安处就成为简书的高产作者，在简书，留下了一串串坚实清晰的足迹。

《故乡的小河》，有餐子鱼在欢腾游弋，小龙虾在张牙舞爪，水蛇在青芦苇里游走；小河边，瓜满畦，果飘香，还有桑葚、癞葡萄……小河是童年的歌，是故乡的歌，令人心驰神往。画面妙趣横生，语言优美动人。

《又吃冷蒸》，写的是由南通地区传来的一种吃食。得是多好吃的东西，才会让馋婆娘"磨完吃光"！透过美文，仿佛看到碧绿青青，仿佛嗅到浓郁麦香，仿佛尝到松软糯韧。冷蒸，唤醒了童年，品味了幸福。

《920街坊，烟火气扑面而来》，充满回忆的老街道，平安喜乐的新生活，原汁原味的原生态，返璞归真的烟火气。920，一头承载着过去，一头延伸向未来。字里行间流露的是童年的味道，是熟悉的味道，是家乡的味道，是美好的味道，是出走半生、永远无法忘记的味道。

《一个人带上行李去远方》：儿行千里，慈母临行密密缝，志在远方，少年挥手自兹去。

从黄海湿地到长江之滨，青春在这里启航，梦想在这里放飞，极目天地高远，独行仗剑天涯。再回首，岁月美好如歌。

《山那边是海》：花一样的林岚就这样陨落了！而那个始作俑者却是她曾经挚爱的人。在纵身一跃的那一刻，也许她会问："生活啊，你的名字叫欺骗？爱情啊，你的名字叫辜负？"我被跌宕起伏的情节深深吸引，又为林岚的悲剧结局深深叹息。

《五男二女》：读到最后，几近泪目。慈爱善良的梅老太，通透智慧的梅老太，知足知止的梅老太，善解人意的梅老太，毅然决绝的梅老太，是万千慈母的代表。个性迥异的五儿二女，浓缩了中国家庭的众生相，平凡无奇，各有特色。当他们日后自己活到梅老太这个年纪时，不知该作何感想？尽孝，要趁早！尽孝，要真心。

《多虑了》：过于敏感、容易急躁的阿龙妈妈，智慧从容、优雅得体的阿蕾妈妈，形象生动的描写将两个妈妈刻画得惟妙惟肖、入木三分。

《飞鸟与射手》，是吾心安处写的第一篇小说，出手不凡。这是一个唯成分论时代的爱情悲剧。

麦苗拔节的季节，两个年轻人一见钟情。短暂的别离加深了情感。唯成分论的年代，爱情是奢侈品。欣键的手艺给富农家庭的桑老爹带来的，是堪称工艺品的家具，是没有歧视的尊重，老爹如此激动，何况情窦初开的新燕？"只是因为在人群中多看了你一眼，再也没能忘掉你的容颜"，新燕飞蛾扑火了！

吾心安处初涉小说，小试牛刀，就获得简书伯乐推荐，位居当日简书榜单前三名。

《暖到人心只此花》，世上有朵美丽的花，它的名字叫棉花，它肩负拓荒者的重任来到盐城大丰。棉花，可观，外形秀丽；可食，棉油可炒菜、炸食品；可制衣，棉衣是世上最亲肤温暖的衣着……一篇美文，科普了棉花的成长史，展示了勤劳智慧的大丰人一双巧手描绘的最美棉花锦绣家园，让人对大丰这片神奇的土地心生赞叹和向往。

俏也不争春、亲爱的人啊、行走的足迹、故事里的事，这四个部分组成了这部《故事里的事》。它，既是吾心安处第一部散文集《故乡的滋味》的自然延续，又是作者对人生岁月进一步的观察、探寻、品味、思考和表达，也是作者向文学的"青草更青处漫溯"。

《巨星嫁到》：只是因为在人群中看了你一眼

两千万人见证的婚礼直播现场，流行巨星新娘凯特突遭未婚夫塞巴斯蒂安背叛，如何选择？继续与渣男的堵心婚礼，还是放弃直播？显然都不可取。凯特金手指一指，指向了观众席里的查理，作为新郎，婚礼如期举行。

一分钟前还素不相识，一分钟后结为夫妇。观众被这突如其来的变化弄得一头雾水，不知所措，只能接受眼前发生的一切。一个是光芒万丈的巨星，一个是离过婚带着一个女儿的数学老师，悬殊之大，令人瞠目结舌，难以想象。全民直播时代的爱情，恍如一个童话，让人觉得不可思议。

这就是2022年上映的电影《巨星嫁到》。

每一个人都希望这样的好事落在自己身上，所以这样烂俗的剧情，到了2022年依然有市场，依然有观众。直播，这个时代的媒体成了他们走到一起的催化剂。任何时代，男女走到一起，都需要媒体。从柳毅传书到电子情书，媒介不同，故事的实质大致相同。

张生接近崔莺莺，需要红娘送信。这才有了《西厢记》。书信，是那个时代的传媒。

不是所有人都像张生那么幸运，遇到红娘。那么这时候，书籍本身就是一个传媒，比如《查令十字街84号》。海莲与弗兰克，从1949年到1969年，二十年间约八十封的书信往来，造就了一段爱情传奇。

到了《罗马假日》，高贵的公主和落魄的记者，现场提问和报纸头条，扣动了彼此的心弦，不动声色之下心潮澎湃，人群中的这一眼，眼神确认，虽不能天长地久，但曾经的拥有让彼此刻骨铭心。

时代在变化，传媒也在变化。到了《西雅图不眠夜》，电台又成了男女双方交流的桥梁。一部深夜电台，一头是丧妻的建筑师山姆，一头是年轻美丽的记者安妮。最后相聚于帝国大厦的顶层，有情人终成眷属。

所以，这种公主（顶流巨星）爱上我的故事，从来都没有远离。梦想还是要有的，万一成真了呢？

凯特和查理在众目睽睽之下成婚，需要面对的问题还真不少。

凯特的生活除了直播，就是接受访谈。二十四小时，除了睡觉，始终生活在摄像头之下，她拥有一切，唯独没有时间与自己相处。

查理除了上课，要辅导数学社的孩子们，每周有三天时间照顾女儿，他渴望走近女儿，可是处在青春期的女儿对他非常排斥，他千方百计让孩子开心。他用的是一个只能打字的旧手机，他对直播一无所知。

凯特不想被媒体嘲笑，他们一起开了发布会。面对记者不怀好意的发问，查理以自己对婚姻的独特理解精彩回答，而凯特则认为，为什么所有事情都是男人说了算？女人应该放手一搏，才有新的希望。记者会大获成功。查理的生活发生了翻天覆地的变化，哪怕是出门遛狗，也会有狗仔队偷拍。查理除了配合凯特的日程安排，依然按部就班上课、遛狗、陪女儿。随着与凯特相处时间越来越久，他对这个奋力奔跑的女子由衷敬佩，同时，他也建议凯特，不要把时间都交给事业，也要留点时间与自己相处。凯特听从查理的建议，她换上居家服，来到查理的课堂，给师生带来空前的惊喜。

循着心灵的契合，他们都在与对方靠近。凯特叫停随身跟从的摄影师，查理注册了社交账号"数字不骗人"，两颗心紧紧靠在一起。

此时凯特的新歌《结婚吧》获格莱美流行歌曲奖提名，她将要与前男友共同登台演唱。看着舞台上众人眼中的金童玉女，查理有一丝失落，有一丝醉意，他主动叫停与凯特的关系，无比落寞地坐在家中。而凯特在对查理的思念中，突发灵感，创作了《奔向你》，再度登上排行榜。不明就里的主持人，以为这支歌是凯特为前男友创作的，前男友也笃定地沾沾自喜。如梦初醒的凯特离开采访现场，登上去往查理带领学生参加数学竞赛所在地的飞机，在竞赛即将结束之际，再度向查理求婚，两人紧紧相拥在一起。

有趣的是，凯特的扮演者詹妮弗·洛佩兹是本色出演，银幕上下的她，经历惊人相似。

2022年，她与本·阿弗莱克再续前缘，举行了盛大婚礼。分开二十年，兜兜转转，眼中还是对方。只是这个家庭，不是二十年前只有两个人，而是带着他们在历次婚姻中的孩子，共同组成的大家庭。

在分开后的这些年中，他们都在各自的领域，光芒闪耀。詹妮弗·洛佩兹是美国身价最高的拉美裔女演员之一。而本·阿弗莱克导演的《逃离德黑兰》再度斩获奥斯卡金像奖最佳影片奖。而在情感方面，他们都以失败告终。也许就是在这一次又一次的失败之中，他们才确认过感觉，原来二十年前分开的那位，才是心心念念最合适自己的那一半。

当年分得有多决绝，现在复合就有多果断。而且，还重逢得坦坦荡荡、大大方方，毫不含糊。戏里戏外的詹妮弗·洛佩兹，敢爱敢恨，率性洒脱，她专门为《巨星嫁到》写了歌曲，加上她激情洋溢的演绎，把巨星内心深处深深的寂寞，对爱情的渴望，对生命价值的追求展示得淋漓尽致。影片中，对方虽然是一个普通的数学老师，但是他善良的品性，睿智的大脑，宁静的内心世界，无疑是对巨星最好的治愈，这样的情感，绝非巨星的单方施舍，而是两颗心灵的深度契合，是彼此情感的双向奔赴。戏外与大本的再续情缘，无疑深化了詹妮弗·洛佩兹对角色的展示，本不是素人，是全球收入最高的男演员之一，他们事业上旗鼓相当，自是普通人望尘莫及。影片中素人与巨星的婚姻，更点燃了每一人的爱情童话。网络时代的爱情，比书信时代，比电台时代，更具神奇和梦幻，给原本平平淡淡的生活添加了无限可能。詹妮弗·洛佩兹以自己的爱情童话唤起万千观众的美好想象，只一眼，就万年。

遗憾的是，这段童话只维持了两年，他们又宣告分手，让人不胜唏嘘。爱得投入、彻底，分得真实、坦荡。看来，爱情童话，只能是一个童话。

《隐剑鬼爪》：一个末代武士的爱恨情仇

《隐剑鬼爪》，是日本国宝级导演山田洋次"武士三部曲"的第二部。这是一部美丽动人的日本古装片，背景是明治维新之前即将没落的德川幕府时代。

故事的开头，是男女主人公在大雪纷飞的街头邂逅。此时，女主已嫁为人妇，男主孑然一身。男主看到曾经聪明美丽的女主变得苍白憔悴，担忧地问："你过得好吗？"

男主叫片桐宗藏，是一位下级武士。女主叫希惠，平民女子。她曾经在宗藏家做了三年半的见习女仆，受到宗藏母亲的悉心教导。

影片由此闪回他们相处的岁月。那时候，片桐的父亲身陷一桩冤案刚刚剖腹自杀，一家人的生活一落千丈，在母亲用心经营下勉力维持。可是，艰难的生活没有让他们绝望。即使是一锅猪肉萝卜汤，他们也喝得津津有味，开开心心。不久，宗藏的妹妹志乃嫁给了他的好友武士左门，希惠嫁给了商人的儿子，母亲积劳成疾去世。一个幸福的家转眼消失了。

一天，宗藏在妹妹妹夫那里听说希惠被婆家虐待，便带着妹夫冲进了希惠的婆婆家。眼见着希惠病得奄奄一息，宗藏不顾一切，背起希惠回家，要求对方立即离婚。

在宗藏一家的精心照料下，希惠康复了。小院又像从前有了笑声。为了希惠的幸福，宗藏克制着自己内心的喜欢，把希惠送到了她乡下父母家。

此时，宗藏的同门师兄狭间，因为参加改革派的谋反失败，被迫回家乡海坂藩。藩的家老让宗藏说出狭间的昔日好友。宗藏说，出卖朋友不符合武士精神，予以拒绝。家老非常生气。

不久，狭间越狱，挟持了普通百姓。家老要求宗藏前去抓捕。这是武士的职责，宗藏只好服从。

他又来到了老师户田这里。当年，老师把鬼爪功传授给了宗藏，而没有传给排名第一的狭间。这，一直让狭间耿耿于怀。

在与狭间交战的前一天，狭间的妻子找到了宗藏，请他放过自己的丈夫。宗藏说，作为武士他实在做不到。听说嫂子要去找家老求情，宗藏让她千万别去。

宗藏与狭间交手，一退再退，惹恼了狭间。就在狭间恼怒之际，宗藏一剑中的，狭间败了。回来的路上，他遇到了狭间的妻子。她问宗藏，有没有接到家老不杀狭间的命令，宗藏这才知道，狭间的妻子到底还是去找了家老。

前去复命的宗藏问家老，狭间的妻子有没有来找他。家老闻言哈哈大笑。他一面嘲笑这个女子的幼稚，一面称赞她的美色，言语中充满了猥亵。宗藏愤怒地责问家老，被家老骂得狗血淋头。

宗藏赶忙去找狭间的妻子，可是她已羞愧自杀。宗藏痛心疾首。回到家，他磨剑霍霍，潜入家老府中，以鬼爪功悄无声息地杀了家老，为狭间夫妇报仇。

然后，他上交俸禄，辞去武士之职。这时，他不再是武士，成了庶民。原来横亘在他和希惠之间的阶级壕沟，至此消失。

宗藏来到乡下，找到在田里干活的希惠。他告诉希惠，自己交还了俸禄，眼下准备去往虾夷岛谋生。他问希惠愿不愿意同去，希惠调皮地问，这是主人的命令吗？宗藏说是，希惠说，那就只能遵命了。

跟许多美好的故事一样，两个相爱的人从此幸福地生活在一起了。

这本来是一个武士末路，自相残杀的血腥故事。放在明治维新之前，那个德川幕府大背景下去看，让人看到的是：制度的腐败、揭竿而起的必然，下层武士的不易，同门兄弟的惺惺相惜，跨越阶层的纯洁爱情的美好。

身怀绝技，宗藏有着武士的立身之本。天下第一剑士狭间是他的同门师兄，师父欣赏宗藏的纯粹，将绝技鬼爪功传给了宗藏。在上司的威逼之下，宗藏决不出卖任何一个同门师友。这是武士的高风亮节。在狭间越狱、伤及百姓之时，他又临危受命，跟垂死挣扎的狭间拼死一决，这是武士的本分。在得知狭间妻子被家老欺骗凌辱，他又用独门绝技暗杀了家老，为师兄一血奇耻。这暗杀有违武士之德，宗藏便决然交还俸禄，和心爱的希惠奔赴虾夷岛。爱恨情仇，快意潇洒，绝不拖泥带水。

《至暗时刻》：孤勇者

假如一个人去当首相，自己的政党不看好他，国王不喜欢他，国家四面楚歌，危在旦夕。这个首相还要不要当？当了之后，是战斗还是投降？丘吉尔是个不折不扣的孤勇者，正是凭着这股冲破一切去获得胜利的勇气，他带领英国走出了至暗时刻，最终取得了胜利。

在当首相之前，丘吉尔是海军大臣，没有拿得出手的战绩，不被政界看好；在爱美人不爱江山的爱德华八世退位与辛普森夫人在一起时，丘吉尔选择坚定不移地支持，因而招致新国王的讨厌。

丘吉尔的前任张伯伦，是绥靖政策的推行者，对希特勒一味姑息纵容，想牺牲弱小民族以确保既得利益，结果法国沦陷，英国军队被困敦刻尔克，面临灭顶之灾。张伯伦仓皇下台，这时，整个保守党还牢牢控制在他的手中。

丘吉尔上任了，在下议院发表就职演说《热血、辛劳、汗水和眼泪》，他将不惜一切代价赢得胜利："我没有别的，只有热血、辛劳、汗水和眼泪献给大家……你们问：我们的目的是什么？我可以用一个词来答复：胜利……"

为了保住英国军队，丘吉尔一方面下令调集全部民用船只前往敦刻尔克，一方面让驻扎在加莱的四千名士兵殊死搏斗，牵制德军。此时，局势更加严峻，比利时被德军占领，张伯伦和外长一起逼宫，丘吉尔和整个英国陷入至暗时刻。这个时候，他的妻子像一个母亲一样给予丘吉尔极大的理解和鼓励，原先并不看好他的国王也深夜造访，丘吉尔明知不可为而为之的勇气赢得了国王的信任，他告诉丘吉尔，他将完全支持丘吉尔。他给丘吉尔提出建议："到民众中走一走，把真相毫无保留地告诉他们，看看他们的态度，听听他们的心声。"

丘吉尔眼前一亮，从来没有坐过地铁的丘吉尔走进了地铁车厢，他所接触的每一个英国人都表示，将坚决抵抗纳粹的侵略，绝不妥协，绝不放弃。

仿佛打了一剂强心针，丘吉尔有了底气，他坚定信念，发表了他的第二次演讲："我们将战斗到底。我们将在法国作战，我们将在海上和大洋中作战……直到新世界在上帝认为适当的时候用它全部的力量和能力，来拯救和解放这个旧世界。"

在他的领导之下，三十万英国军队几乎全部撤离了敦刻尔克，回到了英国，大大振奋了全国人民抵抗纳粹的信心，也振奋了整个欧洲抗击纳粹的信心。丘吉尔被看成希特勒最害怕的人，五年后，二战胜利。

这个领导英国人民取得二战胜利的领袖，却在二战之后的首相大选中落选，由此，丘吉尔遭到对手的嘲笑，丘吉尔若无其事地回击道："我领导英国参与二战，就是为了捍卫我国人民罢免我的权利和自由。"

丘吉尔在1965年以九十一岁高龄去世，到目前为止，他在英国人民心中威望仍然非常高。

剪刀手是丘吉尔刚刚当上首相、接受记者采访时，做出的手势。不巧的是，他把这个手势做反了，这就变成了"见鬼去吧"，结果，歪打正着，恰恰表明了英国人民对希特勒的态度：见鬼去吧！而丘吉尔本人，则成为希特勒最害怕、最讨厌的人。

丘吉尔绝不放弃、抗争到底的态度，挽救了英国，挽救了欧洲，从某种程度上来说，他，改变了世界的格局。

到1953年，他又写了《第二次世界大战回忆录》，正是这本书，使他荣获了诺贝尔文学奖。也就是说，他在做首相的同时，还在写作，还顺便把诺贝尔文学奖给拿了。

顺便说一句，丘吉尔本人，是20世纪拿稿费最多的作家之一。

《遗愿清单》：好的遇见，双向奔赴，彼此成全

一、遇见

如果不是进了同一个病房，他们之间是没有交集的，他们不可能相互认识，更别说成为朋友了。

亿万富豪爱德华•科尔为了利益最大化，一直主张手下医院的病房必须一房两人。不久后，他被自己制定的这个制度搞得狼狈不堪。

科尔不幸患上了癌症，送进医院手术后发现他不能拥有自己独立的病房，哪怕是在自己的医院内也不行。无奈之下，科尔只得与卡特共用一个病房。他除了要忍受巨大的病痛，忍受手术后的各种不适，还要忍受孤独，忍受寂寞。他结过四次婚，至今依然是钻石王老五，游走于各种女子之间，却无半点真心，牡丹花中走，片叶不沾身。除了一个助理来探望过，没有任何人探望他，刚开始他对此不以为然，他认为他完全能自己跟自己玩。

邻床的卡特是个汽车修理工，技术精湛，博览群书。他喜欢一边修车，一边回答徒弟提出的各种问题，乐此不疲，堪称"行走的百科全书"。卡特有个幸福的家，妻子是一个资深护士，他们育有三个出色的孩子：大儿子是税务律师，二儿子是工程师，小女儿是小提琴演奏家。子女们轮番带着孙辈探望卡特，病房里因此总是欢声笑语不断。

科尔只有一个已经断绝来往的女儿，他掩饰着自己的羡慕。他声称："病人的精力有一半是因为应付探视丧失的。"卡特看出了他的虚弱。当科

尔询问他化疗后的感受时，卡特告诉他："除了不停地呕吐，除了血管变黑，除了骨头剧痛，其他一切都是美好的。"一番话让科尔感到了卡特的友善，由此开始了两个人的交流，也开始了两个人不可思议的友谊。

不久，他们分别接到了医生的诊断结论，两个人的生命都只剩下了六个月，即使奇迹出现，也不会超过一年。

科尔闻讯愣住了，他不敢相信自己的耳朵，难以接受这一事实。

卡特自以为自己也很乐观，可是，一听到消息的时候，同样如五雷轰顶，不能自持。

生命进入了一目了然的倒计时，卡特想起了大学一年级时哲学老师讲到的遗愿清单。在纸上写下此生最想做的事情，实现它，就是人生的意义。

卡特拿出了纸笔，写下了自己的愿望，刚写了几条，就写不下去了。他扔掉了手中的笔，扔掉了纸团。科尔捡到了纸团，遗愿清单让他眼前一亮。他对卡特说："我们现在是一条船上的人了，是时候为自己好好活了。"

四十五年来一直为责任活，为家人活的卡特，深深感动，那个深埋心底想成为历史学教授的梦想今生是不能完成了，那么，还有一些一直想做的事情就立刻去做吧。他答应了科尔，两个身患重病的老人，开始环球旅行，由此踏上了达成心愿之路。

二、不留遗憾

这两个人的生命进入了倒计时，期限半年，奇迹出现的话，也许一年。命运的闸门眼看就要关闭，科尔和卡特怎么办？

科尔指着遗愿清单对卡特说："不如我们从现在开始，对着清单，想干啥就去干啥。"卡特不敢想象，不能答应科尔。卡特还有另一种选择，接受妻儿的照料，在家人的安慰声中度过生命的最后岁月。

科尔问："那是你想要的吗？如果那样的话，遗愿清单就是一张废纸，那些美好的愿望，只能成为永远不可能实现的遗憾。"

不要让空虚出现在你的生命中，与其长吁短叹，不如去实现愿望，让生命的倒计时充满张力，充满意义。

卡特如醍醐灌顶，答应与科尔一起去完成清单上的一个个心愿。

他们在蓝天翱翔。有恐高症从来不坐飞机的卡特，第一次体验到高空跳伞的惊险刺激。最重要的，他感受到了生命的飞扬与灵魂的自由。这与他过往的生活相比，是全新的、前所未有的生命体验。

他们来到了封闭的赛车场，各自驾驶着福特野马飙车。一辈子修车的卡特第一次尝到纵横驰骋的幸福与喜悦。

在泰姬陵，他们探讨对遗体的种种安排，对骨灰的处理，仿佛在谈着与他们毫不相干的事情，对死亡的恐惧在交谈中慢慢变淡。

他们来到非洲大草原，在黄昏时分，听到了狮子的吼叫声。

遗愿清单上的愿望被一项项划去，他们的环球之旅，也进行得如火如荼。他们来到了埃及金字塔，落日余晖下的科尔和卡特，对着夕阳倾心交谈。

卡特在精彩纷呈的旅行中，感受着生活的新体验，实现着原来想都不敢想的一个又一个心愿。曾经对生活产生的强烈遗憾，随着一个个心愿的达成，在慢慢消散。他对生活有了新认识，对生命有了新体验。

此刻，他不再是丈夫，不再是父亲，不再是修理工，此刻，他是他自己，他在为自己而活。

而更为奇妙的却是，家越来越远，妻子弗吉尼亚的形象却越来越清晰。甚至，卡特面对科尔刻意安排的绝色佳人，也不为所动，直接拒绝了触手可及的艳遇。曾经因为女儿上大学后，空巢家庭引起的夫妻之间的距离和日渐加深的隔阂，在一刹那消失殆尽。久违的对妻子强烈的爱又回到了卡特心里。卡特比任何时候都想立刻回家，回到妻子身边。

离家时他是个陌生人，回来时他是个丈夫。与科尔的环球旅行，不仅达成了他的许多心愿，更让他找回了那个熟悉的自己。

每个人都在忙忙碌碌，为生活奔波。忘记了出发的初心，忘记了奋斗的目标，忘记了最初的模样，忘记了最终的方向，不知不觉中，迷失了自我。

生命，对每个人都只有一次。生命是一场无法重来、不可预知的单程旅行。我们要去往哪里，如何善待自己，如何善待我们的同行人？一不留神，我们就会因为忙碌、疲惫或者其他，忽略这些问题。

《遗愿清单》的价值就在于，提醒我们如何生活，如何去过自己想要的生活，如何实现自己生命的价值和意义？或者，更直白一点，如何写下自己的生命清单，并付诸行动。

三、和解

科尔的情况要复杂一些。他从不认为自己是个普通人，事实上也是如此。

科尔从十六岁起，就开始为财富打拼，到了现在，他已经有了百亿身家。他曾经回答过总统请教的问题，曾经与皇室成员共进午餐。他是世人眼里的成功人士。

可是成功如科尔，却搞不定家庭，更不知怎么与孩子沟通，无法赢得独生女儿的认可。当科尔发现女儿结婚后遭受家暴，无比心痛，他派人教训了女婿。哪知女儿并不领情，对他直呼其名，断绝了与他的父女关系，不再来往。

卡特看出了科尔对女儿的思念、对亲情的渴望。结束环球旅行回来的路上，卡特让科尔的助理把科尔引到了女儿的家。被看破心思的科尔恼羞成怒，他不愿以一个走到生命尽头乞求女儿可怜与同情的形象，出现在女儿面前。他对卡特咆哮不已，他把卡特孤零零抛下，扬长而去，不再搭理。

回到家的卡特，立刻被妻子儿女团团围住。他们以最美味的食物和最美的微笑迎接卡特回家。卡特，被浓浓的亲情和爱意深深包围，幸福无比。

而科尔，此时一个人住在空荡荡的豪华别墅里，没有任何问候，没有任何关心。他想起了与卡特相处的快乐时光，久久不能平静。他的眼前每时每刻浮现着卡特的身影，他的耳畔每时每刻回响着卡特说过的话。骄傲，让他不愿放下面子去找卡特、去找女儿。这时，科尔接到医院的电话，卡特的病情再次发作，危在旦夕。科尔二话不说，放下手中的工作，立刻赶到卡特的身边。

病床边，卡特讲起了科尔心心念念的鲁瓦克咖啡。他告诉科尔："生活在印度尼西亚的麝香猫，肠道很特殊。这种猫吃下咖啡豆以后，会将果肉消化掉，排出果实。猫体内排出的咖啡豆，不仅没有臭味，而且更香醇。"科尔惊呆了，那么昂贵的鲁瓦克咖啡，居然来自麝香猫的粪便。卡特捉弄科尔成功！两人相视一笑，彻底和解，笑声更响亮了，他们都笑出了眼泪。

卡特走了。在追思会上，科尔说："卡特这个三个月前还不认识的陌生人，在生命的最后一个月，挽救了自己的灵魂。"

科尔终于接受了卡特的建议，来到女儿家里，外孙女在他额头上轻轻一吻，遗愿清单上那一项"被世上最美的女孩轻吻"被轻轻划去，他像一个普通父亲一样，享受着天伦之乐。与女儿之间的芥蒂烟消云散。离世时，科尔的双眼闭上了，他的心对这个世界敞开了。

越是成功的人，往往越不能接受自己的失败。为了面子，常常选择骄傲地活着。卡特的话让科尔放下了骄傲，走向了家庭，走向了女儿。在与女儿和解的那一刻，科尔收获了幸福。

一个人不可能拥有一切。明白这一点，自己的人生将不留遗憾，因为我们会做出明智的选择。

四、每个人的生命都是相通的

在遇到科尔之前，卡特从未想过环球旅行，从未想过高空跳伞，从未想过驾着福特野马飙车，从未想过以这样一种方式遇见科尔，从未想过这一切会成为现实。一直以来，卡特都是一个最称职的丈夫，最称职的父亲，最称职的修理工。猝不及防的病魔一下子把他抛到命运的尽头，蓦然回首，卡特才想起久远之前那一个又一个心愿，以卡特的现状，这些心愿只能是纸上的清单，永远不能变成现实。科尔帮他梦想成真。在卡特心里，其实是不愿意接受别人的恩惠的，因此，在离开世界之前，他尽己所能，去回馈科尔，他给科尔留下了一封信。这封饱含爱和美好祝愿的信，是卡特所能送给科尔最好的东西。相对于科尔，卡特是贫穷的。但是，卡特又是最富有和最慷慨的。因为卡特的心里充满爱，他给出的是他拥有的最好的东西，又是科尔最需要的东西。从这个层面来说，卡特与科尔一样富有。除了这封信，卡特的博学，卡特对子女深沉的爱，卡特对妻子此心永不移的爱，卡特其乐融融的大家庭，让科尔恢复了对别人的爱和信任。这些，超过了科尔庞大的商业帝国，是无价之宝，无比珍贵。

卡特生命的最后一个月，与科尔朝夕相处，周游世界，让科尔的生命充满了喜悦，这是事业成功的科尔前所未有的。表面上看，科尔成全了卡特的心愿，帮他划去遗愿清单上一个又一个项目，让卡特所愿皆得。事实上也可以说，卡特给了科尔一个机会，让科尔重新审视自己的精神生活，重拾对家庭生活的信心，重新建立起对女儿的情感连接。可以这么说，科尔给予卡特的，是有形的，有价的，可感的；而卡特给予科尔的，却是无形的，无价的，千金难买的。这一点，科尔非常明白，深怀感激，用科尔的话说就是：卡特拯救了自己的灵魂。

人生的价值究竟是什么？你给世界创造的有形价值，你对他人生活的影响，或者是你默默对家人的爱与责任？

　　人生常常发生令人啼笑皆非的事，你创造了价值，赢得了事业成功，却往往疏忽了家人，缺少了陪伴。家庭生活一地鸡毛，此事古难全。

　　科尔和卡特，两个人物，呈现出两种不同的生命状态，这是他们自己的选择，又不完全是他们的生命向往。人生因此留下了遗憾。

　　一个人，该如何调整自己的目标，调整自己的状态，让自己尽最大的努力，留最小的遗憾，是值得每个人去思考、去面对的问题。

　　科尔和卡特，选择了环球旅行，向死而生。在生命的最后岁月，活出了精彩，达成了心愿。

　　生命是一条河，每一条都是相通的。科尔以自己的方式达成了卡特的愿望，让卡特体会到了不一样的生活感受；卡特以自己的爱和责任，让科尔体会到生命的喜悦，找到灵魂的归处。他们以自己的方式成全了对方，完整了自己，他们的生命之水流向了向往的地方。他们的眼睛虽然闭上了，他们的心扉却永远对着外面的世界打开了，生命的流水把他们带回了家，带往向往的地方。

　　他们像一面镜子，照见了每个人的生命状态，令人深思，给人启迪。

《繁花》：标签人生

很多人以为自己牛，其实是平台牛，是平台贴在他身上的标签牛。《繁花》里的汪明珠一开始就是这样忽略平台作用的人。

占着时代的天时，27号的地利，师父金科和宝总的人和，加上汪明珠自己的勤勉拼搏，她拥有了第一个标签：27号汪小姐。她自己以为是"汪小姐"三个字厉害，但现实很快就打了她的脸。

人红是非多。同事梅萍对明珠嫉妒日久，表面是小姐妹，实则掌握明珠的一言一行，暗戳戳随时准备下套。机会终于被梅萍等来了。一副二百元的珍珠耳环，经过菱红的"血盆大口"，经过玲子的自以为是，转眼变成了两万六。明珠不晓得深浅，还把耳环带到办公室显摆，让梅萍对她的嫉妒急剧发酵。一个小报告，就让明珠即将到手的科长宝座化为泡影，27号汪小姐的权和利，转眼被梅萍取而代之。汪明珠有了自己的第二个标签：外贸仓库小汪。梅萍结结实实给汪明珠上了一节人生课。认清身边同事的面目，这是她的第一次清醒。

聪颖、好强、能干的汪明珠，吃苦耐劳，脏活累活难不倒她，她又在外贸码头立住了脚，令人刮目相看，尤其是小魏总。码头主管的丈母娘过生日，想订一间黄河路上的包间订不到，求助于明珠。明珠想，当初自己在黄河路那么多年，光芒万丈，虽然如今沦落到仓库了，一个包间的面子应该还是有的。她不假思索打了电话给卢美琳，对方以为宝总会和汪小姐一起，二话不说答应了。不见宝总前来的卢美琳，立马取消了包间。主管与卢美琳的老公大打出手，难解难分。恼羞成怒的卢美琳立刻要报警，将主管扭送派出所。闻讯而来的宝总主动承担了卢美琳的一记耳光，才将事情平息下来。

这一记耳光打在宝总的脸上，更打在汪明珠的脑门上。原来，离开了宝总，她只是小汪，是黄河路上一个包间都订不到的路人。她要重新做回"汪小姐"！这是她的第三个标签。

一心一意要做回"汪小姐"的明珠，放弃了重回27号的优渥生活。她要凭一己之力，找回属于自己的荣耀。师父金科长提醒她慎思慎行。她义无反顾，兴致勃勃地说："邀请到了四五十个合作伙伴，将在至真园开启她的新人生。"

结果，除了她的铁粉顾总，和被顾总硬拉过来的范总，其他人都没有来。这时，她才明白了师父的意思，离开了27号，"汪小姐"啥也不是。

应该说第三个标签，才是她想要的标签。一个人弄清楚自己想要的是什么，事情反而就简单了。她可以为了这个目标，忍受卢美琳暂时的羞辱；她可以为这个目标，游说师父对她公司进行扶持；她可以为了这个目标，拒绝宝总赠送的凯迪拉克；她可以为了这个目标，牺牲掉师父赠送给她的集邮册。当她为了外贸指标，千方百计降低成本，与宝总竞争，偶然间两人目光相遇时，那一刻，她知道：一种标签，一种选择；一种选择，一种人生。主动为自己选择的标签努力，远远超过被动享受标签带来的红利。因为，被动红利总有被拿走的一天；而主动赋能，就一定可以生生不息。